시작된 일

박이수 장편소설

차례

해설

작가의 말

지실이

1

손님이 퇴실한 탁자 위엔 풍성한 꽃바구니가 하나
놓여 있었다.

—이정선 님 수상을 축하드립니다.

핑크빛 리본에 새겨진 이름 '이정선'.
"흔한 이름인데 뭐."
어제 '도래옥'에 묵었던 사람들은 일 년 넘게 이곳
을 이용하는 〈고마리〉 회원들이었다. 대부분이 늙수
그레했고 롱코트에 긴 목도리를 두른, 비슷한 차림새
의 사람들이었다.
처음 온라인으로 예약을 요청했던 남자는 저흰 꿈
을 향해 걷는 사람들입니다. 잘 부탁드려요. 하는 메시지를 보내왔다. 그들의 두 번째 방문이 있던 날 모임의 총무라는 남자가 전화를 걸어 왔다.

그는 예의 바른 목소리로 도래옥의 웅장한 기둥과 별채 앞에 있는 홍매화의 고풍스러움에 대해 감탄을 쏟아 냈다. 그리고 나서 여러 분야의 지망생들로 결성되었다는 그들의 모임 〈고마리〉에 대한 이야기를 간결하게 들려주었다. 마지막으로 그는 도래옥을 회원들의 정기 모임 장소로 이용하고 싶다고 말했다. 그가 제안한 이용료는 터무니없이 적은 액수였는데 지실은 그의 제안이 반가웠다.

어제 그들이 또 다녀갔다.

―언젠간 혼자 오게 될 것 같아요.

벽면 미니 칠판에 붙어 있는 여러 개의 종이 글들을 살피던 지실은 시선을 붙잡는 그 쪽지를 오랫동안 바라보았다.

그 여자의 것인가!

어제 지실은 여느 때와 다름없이 창 쪽 의자에 앉

아 진한 초콜릿색 블라인드 사이로 줄곧 본채 쪽을 내려다보았다.

그들이 처음이었다면 규모가 작은 개척교회 사람들의 단합 대회려니 착각했을 터였다. 일행은 두세 명씩 소나무 아래 서서 나직한 목소리로 얘기를 나누며 서로의 등을 쓸어 주곤 했다. 일종의 기도 의식처럼 보이기도 했던 그들의 몸짓에선 격려나 위로와 같은 낱말들이 떠올랐다.

그들 중 키가 작고 몸이 둥실둥실한 여자는 무리에서 벗어나 줄곧 혼자였는데, 공터의 마른 풀밭 위를 가만가만 걸어 보기도 하고, 자신의 기척에 놀라 달아나는 새들을 보며 뭐라고 중얼거리는 듯도 했다. 그러더니 지실이 있는 쪽을 뚫어져라 쳐다보았다. 마치 자신을 지켜보고 있는 지실의 실루엣이라도 발견한 사람처럼.

지실은 그때마다 암막 블라인드가 쳐진 창에서 서너 발짝 떨어져 얼음놀이를 하듯이 숨을 죽인 채 그녀를 살피곤 했다. 한참 후 다시 블라인드 사이로 눈을 가져갔을 때, 여자는 천천히 계단을 올라오고 있었다.

여자는 열일곱 개의 층계를 오르는 동안 세 차례나

걸음을 멈추고 하늘을 올려다보았다. 그 전에도 네 명의 여자들이 '해옥'으로 올라와 백석의 시에 관해 이야기를 나누었고, 누군가는 현관문을 서너 차례나 잡아당겨 보았다.

그런 사람들은 많았다. 빈방이라고 일러 줬는데도 방문 앞까지 와 문을 두드려 보고 확인하는 사람들.

"계세요?"

나지막한 여자의 목소리가 들렸다.

지실은 숨을 죽였다.

"아무도 안 계세요?"

여자는 다시 문을 콩콩 두드렸다.

"집이 삼각형 꼴이네요. 터가 어중간해서 이렇게 된 거죠? 한 열 평 정도 되나요? 이런 집은 얼마면 지을 수 있을까요. 나도 삼각형 좋아해요. 삼각형은 동그라미나 네모가 될 수 없는 거잖아요. 좀 모자라서 삼각형인 거잖아요. 해옥, 방 이름이 참 이뻐요. 이런 데서 혼자 살면 정말 좋겠어요……."

여자의 목소리는 점점 커졌다.

사람이라면 일단 피하고 보는 지실의 은둔성을 흔드는 저 힘은 뭘까.

여자는 어느새 천천히 계단을 내려가고 있었다. 중간쯤 내려가더니 몸을 돌려 지실이 있는 창 쪽을 다시 한번 빤히 올려다보았다.

여자의 말이 맞았다. 뒷산 등성이를 타고 물린 좁은 터를 이용하여 집을 짓다 보니 집은 삼각형 꼴이 되었다. 건축을 맡았던 업자는 여덟 평짜리 작은 집을 완성하고 나서 몹시 흐뭇해했다. 집이 정말 예술적으로 빠졌다며 자신의 작품에 스스로 감탄했다.

도래옥에도 지실이 머물 만한 공간이 있긴 했다. 그러나 그곳은 여길 찾는 모든 사람들과 마주치지 않으면 안 될 구조였다. 낯선 사람들과 스스럼없이 얘기를 나누고, 웃는 게 익숙하지 않았던 지실은 뒷산에 물린 좁은 터에 집을 짓고 '해옥'이라 이름 지었다. 집을 짓고 일주일을 지내다 보니 어둠 직전까지 해가 눈앞에 있었다. 그래서 작은 집의 이름은 해옥이 되었고, 지실은 도토리색 소나무로 짠 출입문에 '해옥'이라 새긴 물고기 모양의 청동을 인터넷에서 주문하여 매달았다.

해옥은 三자 형태로 앉은 도래옥의 별채 뜰 홍매화 두 그루가 있는 지점에서 뒷산 쪽으로 향하는 완만한 경사로를 따라 만들어 놓은 방부목 계단을 열일곱 층이나 올라가야 한다. 그러다 보니 三자 형태로 앉은 기존의 집들 위에 비스듬히 획을 하나 그어 놓은 모양새가 되었다. 거기선 가지가 무성한 오디나무 사이로 도래옥의 본채와 별채, 사랑채가 환히 내려다보였다. 가까이서 볼 수 없는 것들이 다 보였다.

지실은 둔해 보이는 여자의 몸짓과 피로와 체념이 섞인 혼잣말을 떠올리며 그녀의 것이라 여긴 쪽지를 벽면 윗부분으로 옮겨 붙이고 나서 청소를 시작했다.

취사 요리보다 도시락을 먹은 흔적이었다.

이정선, 딴 사람이겠지.

조용한 말투로 제 어머니 흉을 거침없이 쏟아 내던 정선의 음성이 들려왔다.

"우리 엄마는 사람이 아닌 거 같애. 점점 더 미쳐 가고 있어. 아버지를 못 잡아먹어 안달이 난 사람 같다니까. 새아버지는 그런 엄마를 왜 떠나지 못하는 걸까?⋯⋯."

그녀는 새아버지가 어머니를 떠나지 못하는 이유에 대해 알게 되면 나중에 그걸 꼭 소설로 쓰겠다고 했었다.

지실은 베개 커버를 벗겨 세탁기에 넣고 세탁기가 제대로 작동하는지 확인하고 나서 무인서점으로 올라갔다. 책 두 권이 팔렸다. 시집 한 권과 홍보석 선생이 '소설보다 더 소설 같은 개인의 기록'이라 평하며 추천한 시대소설이 판매 목록에 적혀 있었다. 선생의 소설은 팔리지 않았다. 진열해 놓은 그대로였다. 선생의 활동은 잠잠했다. 간간이 들려오던 강연 소식도 신간 소설에 대한 소식도 찾아볼 수 없었다.

지실은 노트북을 열고 깜빡거리는 글자들을 물끄러미 바라보다가 빳빳하게 긴장한 손가락을 자판 위에 올려놓고 후기를 작성했다.

—도래옥을 아껴 주시고 사랑해 주셔서 감사합니다. 어젠 인원도 많으셨는데 깨끗하게 이용해 주셨네요. 〈고마리〉여러 회원님들 모두 꿈을 이루시길 응원합니다. 그리고 꽃바구니를 받으신 이정선 님, 좋은 일이 있으셨나 봐요. 축하드립니다.

—호스트님 덕분에 좋은 시간 보내고 돌아왔습니다.

도래옥은 힐링하기 정말 좋은 공간이에요. 호스트님의
배려심이 곳곳에서 묻어났어요. 늘 고맙습니다. 기회가
되면 꼭 얼굴을 뵙고 싶어요.

　저녁 열 시가 넘어서야 기다리던 후기를 읽을 수
있었다. 호평과 빨간 별 다섯 개. 만점을 준 후기였다.
　화장실 타일 사이 새하얀 줄눈 밑에 가려진 때가
있는데, 오래되어 닦이지 않는 때를 독한 화학제가 첨
가된 줄눈 시멘트로 덧칠하여 숨겨 놓았는데.
　지실은 그게 마음에 걸렸다.

2

　우리가 도착한 곳은 구례 산비탈에 있는 허름한 민박
집이었다.

　소녀는 붉은 장미꽃 위로 떨어지는 빗방울을 물끄러
미 바라보고 앉아 있었다. 무표정한 얼굴은 피로해 보였
고, 입술은 평생 열지 않을 듯 굳게 다문 채였다. 밖에서
주인장의 인기척이 들려왔다. 늙수그레한 주인 여자가
갑자기 손님을 맞고 급히 지핀 군불을 살피는 듯했다. 매
캐한 연기 냄새가 좁은 방 안으로 새 들었다. 오월 산중
의 공기는 몹시 찼다. 소녀는 만지작거리고 있던 눅눅한
이불자락을 얼굴로 끌어당겼다. 그러더니 이내 쓰러지
듯 자리로 누웠다…….

　사십 년 전, 그곳, 그 시각, 그러니까 지실이 고등학

교 삼 학년 때 사흘을 함께 보낸 그 사람이 바로 홍보석 소설가였다는 얘기가 되는 것이다. 그날 이따금씩 툭 던져 오던 그의 질문들은 얼핏 들으면 싱겁기 짝이 없었는데 이상하게도 하나같이 선뜻 대답할 수 없는 것들이었다.

그가 바로 홍보석 선생이란 말이지.

지실의 기억에 여실히 남아 있는, 한 점 액자 같은 민박집의 풍경은 1995년도에 발간된 선생의 장편소설 『그날 이후』 안에 고스란히 담겨 있었다. 93페이지 둘째 줄엔 그가 화장실에 간 사이, 지실이 또박또박 이어 썼던 문장이 그대로 있었다.

휘잉, 갑자기 불어온 회오리바람이 붉은 꽃들을 마구 흔들어 대고 있었다…….

유리창 너머로 거세게 흔들리던 젖은 장미꽃들이 지실의 눈앞으로 가득 펼쳐졌다.

그는 밤새 봉창 아래 앉아 있었다. 그의 다갈색 팔꿈치 사이로 원고지 뭉치가 보였다. 깊은 우물처럼 보이는 하늘은 치덕거리는 비를 하염없이 쏟고 있었다.

"소설?"

소녀는 동상처럼 앉은 아저씨의 뒤통수에 대고 물었
다…….

그 문구는, 지실의 할머니를 담은 관이 흙더미에
서서히 가려지던 바로 그 순간, 흙더미 사이에서 마치
활자가 솟아오르듯 떠오른 문구였다. 할머니의 장례
를 치르는 와중에도 지실은 오래전에 있었던 일을 머
릿속으로 차근차근 정리하지 않을 수 없었다.

두툼한 원고지 뭉치, 큼직한 검정 가죽 가방의 무
게 때문에 비스듬하게 기울어진 건장한 남자의 오른
쪽 어깨, 구름 같은 연기를 뿜어내던 낮은 굴뚝 맞은편
으로 피어난 검붉은 꽃 덩어리들, 접시에 납작 엎드린
흰 닭, 개나리꽃 빛깔을 띤 맑은 술이 찰랑거리던 단
지, 그리고 발뒤꿈치를 바짝 쫓던 커다란 총성…….

이것들은 튀어나올 기회를 도사렸던 듯 어느 게 먼
저랄 것도 없이 송두리째 선명하게 지실의 머릿속으
로 나열되었다. 탄생 경로와 연관된 시간과 공간의 정
체를 드러낸 문장은 지실의 기억 속에서 포장을 뜯은

새 털실 가닥처럼 술술 풀려 나갔다. 불과 열흘 전이나 한 달 전쯤에 겪었던 일들처럼.

예전에 꼼꼼히 읽은 소설인데, 그런데 왜 이제야 저 문장들의 근원이 기억났을까.

지실은 기억의 교묘함에 소스라쳤다.

홍보석. 1944년 전남 광주 출생. 1967년 등단. 가족은 아들 홍의준. 딸 홍의경. 그리고 세상 사람들이 익히 알고 있는 그의 화려한 수상 내역과 약력, 저서, 블로그 등을 지실은 새삼스럽게 뒤져 보았다. 주로 회색이나 군청색 계통의 셔츠에 갈색 종류의 재킷을 즐겨 입던 그는 백발의 모습을 하고 있었다. 말을 하는 도중에도 깊은 생각에 잠긴 듯한 그윽한 표정은 여전했다.

저런 모습을 두고 고상하게 늙었다고 하는 건가.

지실은 선생이 출연하는 티브이 프로를 놓치지 않고 보았다.

헤아려 본 결과 문학과는 더구나 소설과는 하등의 연관이 없었던 지실은, 사십 년 전쯤 선생과 오 일이라는 시간을 함께 보냈었다. 그날로부터 칠 년 후 그러니까 정확히 말하자면 지실이 고등학교 삼 학년이 되던 봄 선생과의 인연이 있은 후로도 칠 년이란 세월이 흐른 뒤, 지금으로부터 삼십삼 년 전 어느 강연장에서 선생을 다시 만난 적이 있었다.

그때 청중을 숨죽이게 하던 이름 높은 소설가가 어디서 본 듯하지도 않았던 건 어쩌면 이상할 것도 없는 일이었다. 선생이 강단을 향해 성큼성큼 걸어 나와 청중 쪽으로 돌아서서 실내를 한번 주욱 둘러보았을 때, 순간 지실은 그의 넓은 이마와 가무스름한 얼굴색, 뭉툭한 콧볼이 어디선가 본 듯하다는 생각을 잠깐 했었던가. 그러나 지실의 기억은 곧 '설마'라는, 그럴 리 없을 거라는 부정적인 추측에 묻혀 힘을 잃어버렸다. 선생은 유명세를 탄 문학계의 거목으로서 빽빽한 청중 속에 끼어 앉은 지실과 수많은 이들의 주인공으로 존재하고 있었을 뿐이었다.

그의 눈길이 뒷자리에 앉은 지실을 두어 번 스쳐 갔지만 그의 표정엔 아무런 변화가 일지 않았다. '사랑'이라는 주제로, 이따금씩 청중의 웃음을 끌어내며 강연을 했던 그가 바로 오래전 그녀와 만났던 사람이란 사실을 지실은 그때까지 까마득히 몰랐다.

기억이지. 백이십 시간을 함께했던 사람을 몰라본
건 기억이지. 잊힌 기억이지.

지실은 선생을 알아본 그날부터 그의 소설 속에
'소녀'로 등장하는 자신을 찾는 일에 몰입했다. 긴 소
설을 한 문장 한 문장 꼼꼼히 읽어 나갔다. 그가 선택
한 어휘, 수식, 문장기호 하나도 그냥 지나칠 수 없었
다.

선생의 긴 소설엔 '소녀'에 대한 이야기가 세 번 나
왔는데, 소설 속 주인공이 현실에서 한 걸음 물러나 있
는 상황에서 등장한다는 공통점을 가지고 있었다.

"넌 세상에서 뭐가 제일 무섭니?"

나는 소녀에게 물었다.

"얼굴요."

소녀는 딸꾹질하듯 냉큼 대답했다.

"눈을 부릅뜨고 있는 얼굴요. 눈을 뜨고 나를 바라보
는 사람의 얼굴이 제일 무서워요."

못 들은 척했더니 소녀는 들릴락 말락 한 목소리로
같은 말을 두어 차례나 반복했다.

"나도 무섭겠구나."

절절 끓는 뜨거운 방바닥에 머리를 대고 누워 있던 나는 눈을 뚝 뜨고 소녀를 바라보았다.

소녀는 뱅긋이 웃었다.

다음 날 소녀는 집으로 돌아가 곧장 앓아누웠고, 나는 폭우에 갇혀 소녀의 할머니가 지어 준 저녁을 얻어먹고 그 집 사랑에서 하루를 묵었다……

선생은 주인공을 빌려 사십 년 전 그와 지실이 함께했던 시간을 세세히 이야기하고 있었다.

그 글은 지실이 '등대집'에서 선생을 따라 나와 장미여관에 사흘 동안 머물다가 문득 가게 되었던 구례 민박집에서 집으로 돌아오기 전날 오후 무렵의 풍경이었다.

선생이 소설 속에서 자신의 이야기를 하고 있다는 사실을 깨달은 건 지실의 마지막 가족이었던 할머니가 흙 속으로 돌아가시던 바로 그 순간이었다.

할머니의 관 위에 푸슬푸슬한 황토가 얹히는 순간 퍼뜩, 티브이 아침 프로에 게스트로 출연했던 선생이 기억났다. 선생의 클로즈업된 옆얼굴과 강약이 흐린 언변, 탁한 목소리 등이 떠오르며, 소설 대사에 나오는 그의 목소리가 역력히 들려왔던 것이다.

넌 세상에서 뭐가 제일 무섭니…….

지실은 그때를 생생하게 기억하고 있었다.

머리카락이 굵고, 두피가 기름지고, 축축하고, 목소리에 힘이 없고 말이 짧았었지. 말이 짧아서 그게 무슨 말인가 오래 생각해야 했지. 답을 찾으려고 고민하다 보면 그가 던진 어떤 질문에 반드시 답을 해야 되는 건 아니라는 답이 나왔지. 사람이 살면서 모든 물음에 답을 낼 수는 없다는 사실을 그때 알았지. 사람들이 어떤 물음에 반드시 답을 내야 한다고 생각하는 관행이 문제라는 걸 그때 알았지.

선생의 얼굴을 기억 저편으로 밀어낸 건 그와 함께했던 시간 내내 생각에 생각을 거듭했던 탓일 것이다.

3

구부정한 할머니는 관에 담겨 흙 속으로 돌아간 후
에도 여전히 집 안 곳곳을 소리 없이 살금살금 돌아다
녔다. 창백한 아버지는 눈을 뜬 채 언제나 사랑채 아랫
목에 반듯하게 누워 있었다. 어머니는 미색 오동나무
농이 있는 작은방에 부연 얼굴을 하고 누워 지실을 빤
히 바라보았다. 그런 어머니 옆에는 갓 태어난 아기가
작은 입술을 오므린 채 눈을 감고 잠들어 있었다. 죽은
사람들은 죽은 게 아니었다.

그들의 모습은 결코 과거가 아닌 여실한 현재처럼
생생하기만 했다. 그뿐이던가. 가족이라는 이름으로
살았던 사람들이 모두 떠나 버린 거대한 한옥의 드높
은 용머리와 앞뒤 좌우로 댄 반듯반듯한 보와 웅장한
도래는 지실이 혼자서 감당할 수 있는 것들이 아니었

다.

지실은 마당 한편에 서서 거대한 기와집과 넓은 뜰을 물끄러미 바라보았다.

이곳을 떠나면 저 큰 마당을 차지하고 있는 사물들과 자신을 바라보는 여러 눈동자들을 피할 수 있을까. 저 반듯한 보와 거대한 도래 사이에 깃든 침묵의 사연에서 멀어질 수 있을까.

기와집은 지실의 증조할머니의 숨기고 싶은 사연을 품고 지어진 것이었다.

증조할머니는 남원 고을 매안의 지주였던 이원재라는 양반의 외동딸이었다. 그녀가 열여섯 살 무렵 그 집 소작농이던, 그러니까 훗날 지실의 증조할아버지가 된 총각의 아기를 가진 일에서 생겨난 집이었다. 증조할머니의 부친은 매안에서 멀리 떨어진 이곳에 죄인이 된 두 사람을 감추듯이 피신시켰다. 그는 그들에게 살 곳을 마련해 주고 그 후로 발길을 뚝 끊었다고 했다.

할머니의 사십구재가 지나고도 지실은 이 집을 떠날 수 없었다.

유일한 핏줄인 고모할머니가 혼자 남게 된 지실의

곁을 지켰는데, 그녀는 밤이면 지실의 옆에 반듯하게 누워 옛날이야기를 되풀이했다.

"우리 어머니 참말이지 고왔더니라, 암만해도 우리 어머니는 사람이 너무나도 곱고 얌전해서 팔자가 시샘을 냈던 모양이여. 작달막한 어깨가 영락없이 초승달맹이로 처량했더니라…… 손끝은 또 얼마나 얌전하셨는지 아느냐. 몸을 한시도 가만히 두질 않는 양반이었다. 마루며 토방이며 장광을 매일같이 쓸고 닦고…… 우리 어머니 손길이 스치기만 하면 말이다. 폭삭 주저앉았던 식물도, 마캐 옮은 개도 슬그머니 생기를 찾고 되살아났더란다…… 우리 아부지는 그런 우리 어머니를 한해살이 꽃나무 대하듯 하셨제. 이 집 기둥에 도리를 걸고 마룻대가 올라가던 상량식 날, 아부지는 저 냇가로 나가 훌쩍훌쩍 우셨다더라. 아부지를 친자식맹이로 키워 준 우리 양할머니가 그걸 보셨단다. 지영때 나간 아들이 늦도록 돌아오질 않자 할머니가 아들을 찾아 가만가만 냇가로 나가 봤더니 글쎄, 우리 아부지가 돌멩이로 연신 냇물에 물수제비를 뜨며 울고 있더라는 거여…… 칼눈썹에 성품이 거칠어 우둑배기라고 소문이 난 양반이, 꼭 어린 아그덜맹이로

울고 있더라는 것이여…… 속도 모르는 동네 사람들
은, 춘복이는 양반집 외동딸을 꿰차고 속으로 깨춤을
출 것이라고, 뒷간에서 오줌을 누다가도 웃을 것이라
고, 도적놈이라고. 남 말하기 좋아하는 사람들이 숙덕
댔지만, 우리 아부지 참말이지 고단한 세상을 사셨느
니라. 가슴에 분에 넘치는 사람을 품은 죄로 평생을 맘
졸이며 사셨제. 그래서 속병이 들어 그리 일찍 가셨는
지도 모를 일이제. 곰곰 생각해 보면 말이다. 우리 아
부지는 양반댁 외동딸을 훔친 죄인이 아니라 사랑을
허셨느니라. 찬 바람에 파들거리는 매화꽃맹이로 여
리디여린 우리 어머니 맘에 생긴 깊은 생채기를, 빤히
들여다보며 행여 덧이 날까 맘 졸이며 평생을 죄인마
냥 사셨으니 그것이 사랑이지 어찌 죄겠냐이? 안 그러
냐 아가?……."

고모할머니는 눈도 깜박이지 않고 천장 서까래를
찬찬히 올려다보았다. 마치 먼저 간 혼령들이 서까래
에 앉아 있기라도 하듯이.

회상을 좇는 백 살 노인의 시선은, 지실이 기억하
는 여러 죽음을 더욱 생생하게 만들었다.

지실은 하루빨리 고모할머니가 떠나기를 바랐다.

26

그러나 고모할머니는 떠날 생각을 하지 않았다.

　겨울부터 이어진 봄 가뭄으로 인하여 단단해진 뜰에 약비가 내리던 그날 오후, 고모할머니는 눈을 가늘게 뜨고서 대문간 쪽에 시선을 둔 채 마루에 앉아 누군가를 기다렸다. 그녀의 조카며느리가 줄을 댄 여자를 기다리고 있었다.

　고모할머니가 기다리는 사람은 혼자 남게 된 지실의 곁을 지키며 집안 살림을 맡아 줄 여자였다.

　"순이 언니!"

　그때 지실은 커다란 트렁크를 끌고 집 안으로 들어서는 여자를 본 순간 주문을 외듯 그렇게 중얼거렸던 걸 기억한다.

　"수선화가 피었네요."

　여자는 수돗가에 트렁크를 내려놓고 돌 틈 사이사이로 방울처럼 피어난 노란 꽃들을 신기한 듯 바라보았다. 마치 꽃을 처음 보는 사람처럼.

　"집이 대궐 같아요."

　오후 나절의 진한 햇살이 그녀의 미간으로 몽땅 쏟아졌다. 여자가 활짝 웃자, 짤막짤막한 이가 옴씰하니 드러났다.

고모할머니는 생글거리고 서 있는 여자를 의심 가득한 표정으로 바라보았다. 여자는 어디서도 본 적 없는 사람이었다. 그러나 지실은 '순이 언니'라고 다시 한 번 되뇌었다.

지실이 아는 순이 언니는 자식이 많은 집 셋째 아니면 넷째 딸이었다.

그 집은 동네에서 제일 자식이 많은 집이면서, 동네에서 제일 가난한 집이기도 했다. 도랑 옆집이었다. 큰비가 오면 도랑물이 그 집으로 흘러넘쳤다. 순이 언니가 쏙 빼닮은 그 집 아주머니는 큰물이 살림살이를 몽땅 쓸어가 버린 마당 한가운데 두 다리를 뻗고 앉아 통곡하곤 했다. 홍수가 지나간 마당엔 뾰족한 돌부리들이 잔뜩 불거져 나왔다. 군데군데 웅덩이가 팬 곳에는 큰물에 쏠려 와 갇힌 물고기들이 양철 조각 같은 비늘을 반짝거리며 파닥거렸다.

순이 언니네 오빠들과 남동생은 그 물고기를 잡느라 신이 났다. 아저씨는 모든 것을 포기한 표정으로 입을 다물고 앉아 물고기들의 배를 쩍쩍 갈랐다. 무지

갯빛처럼 선연한 물고기 내장들이 아저씨의 투박한 손에 의해 긁혀 나왔다. 오밀조밀 엉겨 붙은 내장들이 싱싱하게 빛났지만 배 밖으로 나온 순간 엄청난 비린 내를 풍겼다. 아저씨는 살림살이를 잃고 분해 하는 아주머니 앞에 홍수 덕에 얻게 된 물고기를 말없이 내밀었다. 아주머니는, 붕어는 시래기와 무를 넣고 짜글짜글 졸이고, 미꾸라지랑 작은 피라미 같은 것들로는 어죽을 끓였다. 푹 고아 체에 살을 내려 끓인 어죽은 입술이 끈적거릴 정도로 국물이 진했다.

지실은 그 집에서 밥을 얻어먹곤 했다. 아주머니는 지실이 축내는 밥을 아까워했고, 끼니때가 되도록 군식구를 끼고 돌려보내지 않는 순이 언니를 나무랐다. 그때마다 순이 언니의 양손이 지실의 조그마한 양쪽 귀를 감싸 쥐고 있었다. 그 바람에 아주머니의 투덜거림이 꿈결처럼 아득하게 들려왔다.

그 집은 방이 두 개뿐이었다. 당시 고등학교에 다니던 언니네 큰오빠와 냉장고 만드는 공장에 다니던 둘째 오빠가 방 하나를 썼고, 다른 방 하나는 남은 식구들이 함께 썼다. 복닥거리는 그 집에서 지실은 하룻밤을 보낸 적이 있었다. 해가 지도록 집으로 돌아가지 않은 지실을 할머니가 데리러 왔을 때, 아주머니는 지실을 빤히 쳐다보았다. 그러더니 선뜻, 애들이랑 하룻밤 재우고 내일 보내겠다고 할머니를 설득했다. 그날 저녁, 아저씨는 저녁을 먹고 나서 곧장 잠자리에 들었다. 드센 아이들이 장난을 치다가 한 아이가 아저씨의 얼굴로 주저앉았다. 아저씨는 얼굴을 살짝 찌푸리고 옆으로 돌아누워 금세 다시 코를 골았다. 뜨개질을 하고 있던 아주머니가 닥치는 대로 아이들의 등짝을 내리쳤다. 얻어맞지 않으려고 도망치던 아이가 털실 뭉치에 걸려 넘어져 코피가 났다. 아주머니는 방바닥에 납작 엎어져 코피를 쏟는 아이 얼굴을 신문지로 쓱쓱 닦아주고서는 아이를 일으켜 세워서 다리 길이를 쟀다.

헌 스웨터를 푼 털실은 말이 털실이지 생선 뼈처럼 가늘었다. 드잠이하던 아이들이 제풀에 지쳐 하나씩 방바닥에 쓰러져 누웠다. 그러자 순이 언니가 차례대로 아이들에게 노래를 시켰다. 극성맞은 아이들은 노래할 때만은 쑥스러워 어쩔 줄을 몰라 했다. 아주머니는 아이들 노래가 끝날 때마다 칭찬을 아끼지 않았다. 뜨개질을 멈추고 아이들 머리를 쓰다듬으며 나중에 가수를 해도 되겠다며 웃었다. 그 환한 표정은 지실이 어디서도 본 적이 없는 것이었다. 아주머니는 그날 밤 코피를 쏟은 아이의 털실 바지를 완성했다.

햇살을 받고 서 있는 여자의 모습에는 순이 언니와 아주머니, 두 모녀가 있었다. 말에 속뜻을 따로 둘 줄 몰랐던, 사람을 함부로 불쌍하게 보지 않았던 사람들. 그래서 대놓고 싫은 말을 해도 싫지 않던 그들.

"순이 언니!"

지실은 해사하게 웃고 서 있는 여자를 그렇게 불렀다.

여자가 의아한 표정을 지어 보인 건 당연했다.

"예전에 알던 사람이랑 닮으셨어요."

"어디 살던 사람이었는데요?"

"예전에 저 아랫마을 도랑 옆에 집이 한 채 있었어요. 그 집에 살던 사람과 닮으셨어요."

"난 영암 사람이에요. 어디 나처럼 못난 사람이 또 있나 보네요?"

여자는 자기 이름을 밝히지 않고 웃었다.

"이 방이 빛이 잘 들어요. 햇빛 좋아하실 거 같아서요."

지실은 이것저것 알아볼 겨를도 없이 급히 집에 들인 여자에게 오래 비어 있던 어머니의 방을 내주었다.

여자가 함께 살게 된 후에도 지실이 호칭을 써서 여자를 부를 일은 많지 않았다. 고모할머니에게 여자 얘기를 할 때면 '순이 언니가요, 순이 언니는요' 이런 식으로 귓속말을 했으므로 고모할머니는 그녀의 이름이 정말 순이인 줄 알았다.

일이라고 말할 수 있는 걸 할 때면 노래를 부르는 게 그녀의 습관이었다. 설거지를 하고 나서 마당으로 나가 잡초를 뽑을 때는 노랫소리가 더 커졌다.

"속에다 몹쓸 것을 꼬깃꼬깃 담아 두는 사람은 아닌가벼. 맺힌 건 없어 뵈."

여자가 들어오고 두 달 후에야 고모할머니는 여자를 향한 의심의 눈빛을 풀었다.

그야말로 주관적인 판단, 모든 인간이 속에 맺힌 게 없기를, 상처를, 한을, 나쁜 기억을 비우고 환하게 살기를 바라는 노인의 절규에 가까운 판단이었다.

그런 것들은 천하에 몹쓸 것이고 그 몹쓸 것이 걸핏하면 다른 사람을 찌르고…… 그 몹쓸 건 전염병과 똑같아서 찔리면 옮고, 또 옮기고, 그래서 세상이 이리도 험해진 거라며 백 살 노인은 떠나기 전날 밤 고백처럼 들리는 슬픈 목소리를 냈다.

4

고모할머니가 떠난 후 지실은 홍보석 선생의 소설에 탐닉하기 시작했다.

세 소녀가 대인시장 끄트머리에 있는 분식집에서 순대랑 팥죽을 먹고 나와 버스가 다니는 차도를 건너 철물점, 오토바이 상회, 국밥집, 연탄구이집, 꽃집, 약국, 이발소……가 있는 길모퉁이를 막 돌아설 즈음, 시장 쪽에서 거대한 아우성과 총성이 들려왔다. 세 소녀는 영문도 모른 채 뛰기 시작했다. 그들은 미용실을 끼고 왼쪽 골목으로 들어섰다. 택시나 겨우 드나들 만한 좁은 골목이었다. 골목에는 선팅이 되지 않은 투명유리 미닫이문 외에 따로 대문이 없는, 비슷비슷한 구조의 집들이 열 집쯤 양쪽으로 마주 보고 있었다. 얼굴이 허옇게 질린 채 달리던 세 소녀는 <등대집>으로 들어갔다. 당시 그 골목 여관에 묵고 있던 나는 어떤 사명감 비슷한 감정을 물리치지 못하고 나흘 후 소녀들이 들어갔던 <등대집>으로 갔다.

꽃무늬 벽지가 발린 방에 여자들이 가득했다. 그들은 제각각 긴 거울을 하나씩 벽에 세워 놓고 또닥또닥 파운데이션을 두드리느라 분주하게 손을 놀렸다. 속눈썹을 인형의 것처럼 둥그스름하게 말아 올린 늙수그레한 여자가 국방색 담요를 펼치더니, 피라미드형으로 화투장을 깔기 시작했다. 휙휙, 손이 안 보일 정도로 속도가 빨랐다. 여자의 머리는 스트레칭을 하는 고양이의 등을 연상케 했다.

두 시간 후 한 소녀를 앞세우고 그곳을 나올 때까지 그 늙은 여자는 쌓았던 피라미드를 함부로 허물고 있었다.

"날 따라 여기서 나갈 거니?"

소녀는 말없이 고개를 끄덕였다.

소녀를 데리고 장미여관으로 들어간 나는 재킷을 벗어 벽에 걸며 물었다.

"너희들 그날 이 골목엔 뭐 하러 왔었니?"

"친구가 임신을 했는데 아기 아빠가 도망을 쳤어요.

그 남자애가 이 근처 중국집에서 배달원으로 일을 하고 있다고 했어요. 그 앨 찾아다니던 중이었어요."

소녀는 기다렸다는 듯 냉큼 대답했다.

그 방엔 꽃무늬 침대보가 깔린 침대도 있었는데, 나는 양팔을 베개 삼아 방바닥에 반듯하게 누워 소녀에게 흰머리를 뽑아 달라고 말했다.

소녀는 미끄덩거리는 손바닥을 두루마리 화장지에 닦아 가며 고분천상으로 앉아 흰머리를 뽑았다.

이틀이 흘렀다.

"이젠 흰머리가 한 개도 없어요."

소녀가 내 어깨를 흔들며 말했다.

"그럼 검은 머리라도 뽑으렴."

소녀는 검은 머리를 하나씩 뽑기 시작했다.

"집으로 돌아가야 하지 않겠니?"

내내 씻지 않았던 나는 벌떡 일어나 밖을 살피고 나서 사흘 만에 몸을 씻은 후 소녀를 데리고 밖으로 나왔다.

빈 택시가 우리 앞에 섰을 때 나는 소녀를 택시 안으로 밀어 넣었다.

바로 그때 몽둥이를 든 남자가 우릴 향해 뛰어오는 게 보였다. 나는 한눈에 그를 알아보았다. 매일 밤 <등대

집> 앞에서 보초를 서듯 어슬렁거리던 주인 남자였다.

남자는 일주일 전 사람을 향해 총질을 한 공수군이 겁에 질린 얼굴로 나를 빤히 쳐다보고 서 있던 바로 그 자리에 서서 나를 노려보았다. 나는 서둘러 택시에 올랐다. 택시 기사는 목적지도 묻지 않은 채 골목을 빠져나갔다. 안개 속처럼 뿌연 큰길에서 머리에 흰 띠를 두른 사람들이 타고 있는 유리창 없는 버스를 만났다. 그 안에서 들려오는 울부짖음이 귀를 찢었다. 버스가 스쳐 갈 때 한 여인의 일그러진 얼굴이 또렷이 보였다. 생때같은 내 아들 내놓아라, 이놈들아. 그녀의 절규를 지나쳐 시내를 빠져나온 택시는 어느새 쨍한 오월의 볕이 가득 내려앉은 찬란한 섬진강가를 달리고 있었다. 산어귀엔 붉은 철쭉이 무더기로 피어 있었다…….

그날 쨍한 햇살 사이로 뿌연 뭔가가 흐르는 듯한 야릇한 기류가 느껴지는가 싶더니 난데없는 총성이 가까이서 들려왔다. 사람들이 황급히 달리기 시작했다. 그들 뒤에 오던 노부부와 자전거를 탄 남자와 아이를 업은 여자가 순식간에 사라지고 없었다. 그들이 모두 어디론가 황급히 들어간 후에도 총성이 이어졌다. 그 시각, 그들 앞을 걸어가던 남자가 골목 끝에 있는 여관으로 사라졌다. 정선과 나란히 달리던 혜영이 뒤돌아서서 얼른 지실의 손을 이끌었다. 셋은 〈등대집〉이라 새긴 붉은 간판 아래 허름한 새시 미닫이문을 열고 헐레벌떡 안으로 들어갔었다.

그 집에도 사람들이 살고 있었지. 그래, 사람들.

정선과 혜영과 지실을 대구 아저씨(그의 고향이 어디인지 아무도 몰랐지만 대구 사투리를 쓰는 그를 모두 그렇게 불렀다)는 사근사근한 대구 사투리로 꼬드겨 그 집에 눌러앉히려 했다. 마담은 세 사람에게 영준이 모자가 쓰는 옆방을 내주었다. 화장실에서는 술을 마신 여자들이 밤새 토하는 소리가 들렸다. 비가 오는 날은 방으로 살짝살짝 정화조 냄새가 새 들었다. 매캐한 연탄가스 냄새도 섞여 있었다. 가운데 방은 그곳 왕언니인 진양이라는 여자(당시 나이가 마흔여덟이라고 했다)가, 그 옆방은 대구 아저씨가 고향에서 데려왔다는 대구 언니들 둘이, 그리고 부엌 바로 옆방은 주인 마담이 썼다.

지실은 오래전 자신을 마주한 순간 심장이 마구 뛰는 걸 느꼈다. 숨이 차오르며 몸에서 홧홧한 열감이 느껴졌다.

장미가 유난히도 검붉던 그해 5월, 지실이 학교로 돌아가지 못하고 일주일 동안 머물렀던 등대집엔 방이 다섯 개 있었다. 장미인지 백일홍인지 구분하기 어려운 꽃무늬 벽지로 도배를 한 방들이었다. 그곳에선 가족이 아닌 사람들이 가족처럼 모여 함께 밥을 먹으며 살았다. 그 집 방들은 벽을 사이에 두고 다닥다닥 붙어 있었다. 바가지로 물을 퍼부어 오물을 내려보내던 반 수세식 화장실 바로 옆방에선 매일 밤 다섯 살 먹은 영준이가 블록으로 집을 지으며 놀았다. 집을 짓다 싫증이 나면 벽에 사람 그림을 그렸다. 얼굴보다 몸이 작은 사람들이었다. 영준이는 〈남행열차〉를 썩 잘 불렀다.

저녁이 되면 영준이가 있는 방을 제외하고는 방마다 손님이 들었다. 거기 사는 여자들은 손님방에서 나와 화장실 가는 길에 영준이가 혼자 노는 방문을 한 번씩 열어 보았다. 벽화를 그리는 어린 화가에게 뽀뽀를 해 달라거나 자기를 그려 달라며, 취한 얼굴을 아이의 턱 밑으로 바짝 들이밀곤 했다. 그래서였을까. 영준이가 그리는 사람은 모두 얼굴이 컸다.

대인시장 대로변에 있는 썬산부인과에서 영준이
를 낳았다는 영준이 엄마를 거기서는 모두 '이양'이라
고 불렀다. 이양은 마담을 '엄마'라고 불렀다. 이상한
호칭들이었다. 이양은 진짜 이양이었을 때도 그 집에
살았는데, 떠났다가 만삭이 되어 다시 돌아와 그때까
지 그 집에서 이양으로 살고 있다고 했다.

등대집은 시도 때도 없이 손님을 받았다. 비라도
내리는 날이면 맥주에 과일 안주, 구운 오징어, 산낙지
회나 오징어두루치기, 거기에 여자를 곁들여 사기 위
한 남자들이 대낮부터 삐걱대는 새시 미닫이문을 열
고 슬그머니 들어서곤 했다.

이틀째 되던 날, 셋 모두 마담이 불러들인 보따리
장수에게 비싼 옷을 샀다. 아디다스도 아니고 프로스
펙스도 아닌 옷이었는데 희한하게 옷값이 비쌌다. 셋
은 교복 집에서 교복을 맞추듯 비슷한 스타일의 옷을
골랐다. 팔레트, 물감, 붓 등 미술 시간에 필요한 준비
물을 사듯 마담이 골라 주는 화장품도 샀다. 오후 무렵
세 사람은 마담을 따라 썬산부인과에 다녀왔다. 혜영
의 배 속에 있는 아기 때문이었다. 그곳도 마담의 단골

집이었다. 영준이도 거기서 태어났고, 등대집을 거쳐
갔던 여자들이 거기서 아기를 뗐다고, 그 원장이 아기
하나는 기가 막히게 깨끗이 잘 뗀다고 마담은 자랑스
럽게 말했다. 옷과 화장품값, 아기를 뗀 값은 꽤 큰돈
이었는데 그 돈을 갚을 때까진 일한 돈을 받지 않기로
셋 모두 동의했다.

그날 오후부터 혜영과 정선과 지실은 맥주와 산낙
지회, 오징어두루치기처럼 손님의 술상을 완성하는
메뉴가 되었다. 신기하게도 셋은 당시 그 사실이 크게
이상하지 않았다.

그 집에 오는 남자들은 술을 먹고 나면 으레 여자
를 데리고 골목 끝에 있던 장미여관으로 갔다. 마담은
술값에 포함된 여자들의 몸값을 그때그때 여자들에
게 떼어 주었다. 그 집의 여자 값은 오징어두루치기나
산낙지회 한 접시의 값과 같았다. 그 집 계산서는 맥주
10개, 안주 2개, 아가씨 2개 이런 식으로 청구되었다.

마담에게 지명되어 손님방에 들어간 세 사람은, 선
생에게 지목되어 영어책을 읽거나 칠판에 방정식을
풀듯이 술을 따르고, 노래를 부르고, 여관에도 따라가
는 '아가씨' 역할을 고분고분 해냈다.

마담은 매일 술국을 끓였다. 어느 날은 꽃게탕, 어느 날은 장어탕, 또 어느 날은 콩나물과 깍두기 모양으로 썬 두부를 넣은 김칫국.

혜영이 아기를 떼고 돌아온 날은 두드린 북어를 잘게 찢어 참기름에 볶아 북엇국을 끓였다. 그날 누군가 아기를 뗐을 땐 미역국을 먹어야 하는 거 아니냐고 했다. 마담은 미역국은 아기를 낳았을 때 먹는 거라고 쌍욕을 섞어 쏘아붙였다. 장사하는 집에 아기를 밴 여자가 있으면 재수가 없어 손님이 들지 않는 거라고, 북엇국이 다시는 몸에 아기 같은 액운이 붙지 못하게 막아줄 거라고 허스키한 목소리로 말했다.

혜영은 그날 핼쑥한 얼굴로 북엇국 한 그릇을 다 먹었다.

고소한 참기름 냄새에도 여자들은 이불을 뒤집어쓰고 늦잠을 잤다. 마담은 술 냄새 고인 방문을 열어젖히며 여자들을 깨웠다.

"으이그, 썩은 내야. 야 이년들아, 일어나서 밥들 처먹어." 하며 째진 소리를 냈다.

부엌방에는 파김치, 깍두기, 배추김치, 총각김치, 물김치, 고들빼기김치. 김치만 해도 다섯 가지 이상 되는, 푸짐한 밥상이 항상 차려져 있었다. 그 집 밥맛이 너무 좋아 지실은 며칠 만에 살이 통통하게 쪘다. 혜영과 정선도 마찬가지였다.

세 사람은 나흘째 되던 날 남자들을 따라 여관에 다녀왔지만, 돌아와서는 무슨 일이 있었냐는 듯 보온 밥솥을 열고 밥을 한 그릇씩 퍼서 꾸역꾸역 먹었다.

전날 고데기로 비틀어 말아 올린 머리가 한껏 부푼 데다 마스카라가 번져 귀신 같은 몰골을 한 여자들한테서는 다음 날까지 향수 냄새가 펄펄 났다. 여자들은 밥을 먹고 나면 곧장 골목 끝에 있는 목욕탕으로 몰려갔다.

오 일째 되던 날 해거름 무렵, 지실은 이건 아니라고, 할머니가 이 사실을 알게 되면 어쩔 거야? 골똘히 생각하고 있었다. 그때 갈색 면 재킷을 입은 아저씨가, 그러니까 바로 홍보석 선생이 미닫이문 안으로 쓱 들어섰던 것이다.

"딱 보니 저 손님한텐 센티해 보이는 니가 제격이겠다."

마담은 선생의 술상을 완성할 여자로 지실을 지목했다.

그날 지실은 산낙지를 처음으로 먹어 봤다. 꿈틀거림을 멈추지 않는 산 것에선 상상하지 못했던 향이 났다. 선생과 마주 앉아 산낙지를 먹고 선생을 따라 미닫이문을 나설 때 옆방에서 카랑카랑한 혜영의 노랫소리가 들렸다. 그게 자칫하면 지실이 '엄마'라고 부르게 되었을지도 모를 마담과 진양 언니 그리고 영준 엄마와 영준이, 대구 언니들과도 마지막이었다.

아찔한 시간들이었다.

지실은 집으로 돌아온 후 지독한 감기로 보름 동안 자리에 누워 앓았다. 고열이 오르는 순간에도 등대집의 붉은 꽃무늬 벽지 틈새에 박힌, 영준이의 사람 그림과 혜영의 얼굴, 정선의 차분한 목소리가 눈앞을 떠나지 않았다.

혜영과 정선은 어떻게 되었을까?

다시 만나서는 안 되는 사람들은 잊지 못한다. 만나서는 안 되기 때문에 기억하는 것이다.

지실이 어디에서 태어났는지, 부모님은 어떤 사람인지, 무엇보다 죽었는지, 살았는지 한 번도 묻지 않던 두 사람을 자취방으로 처음 데려왔던 날. 그들은 지실이 깻잎 모양으로 묶어 둔 발코니 창 보라색 커튼을 바라보며 입을 맞추듯 '지실아, 넌 진짜로 좋겠다' 하고 말했다.

사탕 모양의 쿠션을 베고 나란히 누워 있다가 발코니로 나가 앞집 탱자나무에 무더기로 앉은 참새들을 바라보며 재재거리던 그들의 웃음소리를 지실은 아직 생생하게 기억하고 있었다.

5

내일은 설날이다. 지실은 날아다니는 새들을 바라
보며 오전 시간을 보냈다.

마른 풀 더미 위에 앉아 있던 새들은 총알처럼 어
딘가로 날아갔다가 되돌아와 다시 빈 땅 위로 내려앉
곤 했다.

지실은 방에서 나와 햇살이 가득 들어찬 방부목 데
크 계단을 천천히 내려가, 본채 방문을 열고 안으로 들
어서서 온 후각을 곤두세웠다. 훈훈해진 실내 공기에
은은한 소나무 향이 배어 있다. 지실은 다락방으로 올
라가 무릎을 꿇고 앉아 방바닥을 골고루 만져 본 후,
미니 칠판에 붙은 방문 후기를 몇 개 읽고서 방을 나왔
다.

어제저녁 입실 준비를 끝내 놓고 아침 일찍 내려와

냉기로 가득 찬 방에 보일러를 켠 후로도 벌써 두 번째 점검이었다. 그녀가 생활하는 해옥으로 이어진 계단을 절반쯤 오른 뒤에도 지실은 자신이 이곳에 처음 와 보는 손님이라 치고 도래옥의 외관 풍경을 한참 동안 바라보았다.

본채와 사랑채, 별채로 구분되는 세 채의 건물은 동산처럼 나지막한 뒷산 아래 三자 형태로 앉아 있다. 가운데 자리한 본채를 중심으로, 위로는 무인서점을 꾸민 별채, 아래로는 단출한 가족이나 커플이 주로 드는 사랑채가 자리하였다. 어찌 보면 이곳엔 생뚱맞아 보이는 무인서점은 지실의 내면에 들끓는 소설에 대한 열망을 담은 것이기도 했다.

기둥과 보, 도리로 구성된 목조 건물은 퇴색한 나무 기둥들과 빛을 받은 회벽의 조화로 꽤 안정적으로 보였다. 휜 나무 그대로를 기둥으로 사용한 별채는 못을 사용하지 않고 끼워 맞춰 연결한 보와 좌우로 얹은 도래의 짜임새가 어우러져 그 존재가 영원할 것처럼 튼실해 보였다.

자연석을 그대로 쓴 주춧돌 옆으로 옥색 치마를 입은 할머니의 환영이 언뜻 스쳤다. 할머니는 적당히 닳아 길이 난 수수 빗자루를 든 채 천천히 별채 쪽으로 걸어가고 있었다. 지붕을 감싸고 늘어진 소나무가 며칠 동안 연속되는 이상기온 탓에 봄볕 같은 겨울 햇살을 받아 유난히도 푸르렀다.

지실은 팔짱을 낀 채 꽤 오래 서 있다가 이박 삼일 동안 그녀가 유령처럼 지내게 될 해옥으로 올라가 창문 블라인드를 모두 내렸다.

—사대가 함께하는 가족 여행입니다. 잘 부탁드려요.

지실은 한 달 전 에이 사이트를 통해 예약을 한, 자연스럽게 웨이브 진 긴 머리 여자가 보내온 메시지 아래 안내 글을 올렸다.

—도래옥은 셀프 체크인입니다. 현관 비번은 1001*이에요. 여긴 마트가 멀어요. 오실 때 필요한 걸 모두 사 가지고 오셔야 합니다. 설 연휴 따뜻하게 보내시고 궁금하신 점 언제든 연락 주세요.

긴 머리 여자네 가족은 다섯 시에 도착했다.

날이 완전히 어두워지자 메시지 한 통이 들어왔다. 지실이 있는 방의 불빛을 발견했을 터였다.

—호스트님은 저 위 숲에 사시는 건가요? 불이 켜져 있네요.

지실은 어느 때와 다름없는 메시지로 답했다.

—거긴 아무도 없어요. 저는 거기서 멀지 않은 다른 곳에서 생활하고 있습니다. 밤이면 주변이 너무 어두워 불을 켜 놓았어요. 그러니 자유롭고 편안한 시간 보내세요.

여자는 더 이상 뭘 묻지 않았다. 본채에서는 밤 아홉 시까지 음식 익는 냄새가 올라왔다. 다락방 통유리 너머로는 뛰어노는 아이들이 보였다. 아이들은 숨바꼭질을 하는 것 같았다. 창 너머로 그림자 같은 실루엣이 나타났다 사라지곤 했다. 고등학생인 듯한 남학생은 정확하게 삼십 분 간격으로 뒤뜰에 나와 덜덜 떨며 담배를 피우고서 집 안으로 들어갔다.

그들은 자주 한꺼번에 와그르르 웃곤 했는데, 지실은 그때마다 자신도 모르게 양 입꼬리가 벌어졌다. 그들의 기척은 단지 소리에 그치지 않았다. 예전부터 휑하고 고요하기만 하던 집터에 사람의 훈기를 심는 신비로운 기운 같은 것이었다. 이 집에 저렇듯 와자지껄한 사람의 웃음소리라니.

어머니가 떠나기 전에도 집은 늘 고요했다. 어떻게 된 건지 할머니도 아버지도 침묵을 미덕으로 여기는 사람들처럼 줄곧 말문을 닫고 지냈고, 덩달아 지실도 말 없는 아이가 되었다. 아버지가 어머니를 따라 저세상으로 떠나고 나자 지실은 의무처럼 조금씩 말을 늘여 갔다.

지실은 할머니가 세상을 떠나기 전에 설을 다른 사람들과 별다르지 않게 보냈다. 연휴가 시작되면 쇠고기나 선물세트를 사 들고 집을 찾아왔다. 할머니를 도와 실고추를 얹은 육전을 부치고 흰 조갯살과 들깻가루를 넣어 도라지나물, 고사리나물, 토란대나물, 숙주나물을 만들고, 말린 월계수 잎을 넣어 돼지고기 수육을 삶았다. 이른 아침 떡국을 끓여 올린 차례상을 물리고 나서는 할머니와 담요 밑으로 두 다리를 나란히 뻗

고 앉아 할머니의 혈압과 관절염에 관해 이야기를 나
누었다.

십 년 전 할머니 장례를 치르고 나서 지실은 이 큰
집에서 자신이 혼자 살 수 있을지를 오랫동안 고민했
다. 순이 언니를 닮은 안영숙 씨가 들어와 집안일을 맡
아 해 주던 동안에도 고민은 계속되었다.

고모할머니의 짐작대로 안영숙 씨는 자신에게 일
어났던 일이나 일어나고 있는 일들을 숨기지 않았다.
순이 언니라 치지 않더라도 그녀를 '언니'라고 부를 수
있을 만큼 편안해졌는데, 그녀는 이 년이 채 안 돼 그동
안 만나 오던 남자를 따라 서울로 떠났다. 떠나면서 빈
방에도 반드시 불을 켜 놓고 지내라고 지실에게 여러
차례 일렀다.

그야말로 혼자가 된 지실은 노트북을 펼친 채 멍때
리고 앉아 있거나 뒹굴며 시간을 보내게 되었다. 사람
은 혼자 있어선 안 된다고 걱정하던 안영숙 씨가 떠나
고 나면 글쓰기 좋은 시간이겠다 싶었다. 그런데 그녀
가 떠나고도 묘하게 글은 한 줄도 써지지 않았다. 글이
써졌다면 지금쯤 소설을 완성했겠지. 전에 일하면서
알던 사람마저 모두 끊겼다. 지실이 이곳으로 들어오

기 전 다녔던 잡지사는 오래전에 문을 닫았다. 할머니가 남기고 간 약간의 돈도 바닥이 보였다.

홍보석 선생은 소설 속에서 이곳을 '도래옥'이라고 칭하고 있었지. 지실은 그때 인터넷에서 어학사전을 뒤져 보았다. '도래'는 몇 가지 뜻으로 쓰이고 있었다. 그중 '물을 건너옴'이라는 풀이가 있었다. 그것은 지실이 도래옥의 어감에서 느꼈던 '돌아오다'와 맥락이 맞아떨어진다고 생각했다.

열여섯 살 양반가 처녀가 상놈의 아기를 뱄다는, 그 시절로 치자면 저주받아 마땅한 상스런 꼬리표를 달고 평생을 살았던 증조할머니의 삶이 깃든, 그래서 그 대가를 치르기라도 하듯 몰락해 버린, 침묵뿐이던 황량한 이 기와집을 선생은 '돌아오고 싶은 집'이라고 말했다.

선생은 이곳을 다시 찾을까? 기억할까? 그저 소설의 한 공간이었을까?

지실은 지내던 오피스텔을 정리하기로 마음을 굳혔다.

드높은 용머리와 넓은 뜰, 어머니와 아버지의 죽음, 할머니의 과묵하고도 외로운 삶이 생생하게 맴돌고 있는, 그래서 되도록 멀리 도망치고 싶었던 이곳에서 지내야겠다는 결정을 내리는 데는 오랜 고민이 필요하지 않았다.

어쩌면 선생이 여길 한번은 찾을지도 모르지.

거기 생각이 머문 순간, 그가 어느 날 문득 찾을지도 모르는 곳, 지실이 있어야 할 곳은 바로 이곳이었다.

그와 어떤 약속을 했던가. 약속은커녕 어떤 이야기라도 나누었던가. 백이십 시간을 같은 공간에 있었지만, 서로에게 반찬 그릇을 밀어 주며 함께 밥을 먹었지만, 그들은 날씨 이야기마저 나눈 적이 없었다. 그때 어느 한쪽이 불쑥 뭔가를 묻기도 했는데, 그것들은 단지 각자 자신에게 던지는 혼잣말이었을 뿐이었다.

그래서 훗날 그와 눈빛이 부딪힌 순간에도 서로의 생김새나 목소리 등을 기억하지 못했을 것이다. 그의 존재가 확실해졌을 때 지실은 복잡한 감정에 휩싸이지 않을 수 없었다.

'등대집'에서 겪었던 일들, 아무렇지 않을 수 없는 일들이 아무렇지 않게 일어나고 있던 시간 속으로 선생이 들어왔었지. 소나무 껍질처럼 낡은 갈색 재킷에 검정 코르덴 바지 차림으로.

소설 속에서 그를 다시 만났을 때 지실은 꿈을 꾸는 듯했다. 돌처럼 단단해진 심장이 불규칙하게 구르다가 덜컥 멈추곤 했다.

그날 지실은 선생을 따라 등대집 새시 미닫이문을 나서 스무 걸음쯤 거리에 있던 장미여관에 갔었다. 장미 넝쿨이 우거진 아치형 터널 아래로 걸어가는 선생을 따라 숨을 죽이고 걸었다. 도마만 한 유리창 너머에서 누군가 손만 내밀어 건네는 열쇠를 받고 선, 선생의 재킷 뒤에 숨죽이고 있던 그 순간을 지실은 여실히 기억하고 있었다. 302호로 들어선 이후의 단조로운 시간들, 각오했던 일이 일어나지 않고 있어 턱밑까지 차오르던 두려움……. 그러나 그들이 방을 나올 때까지 현란한 꽃무늬 침대보와 미색 장판의 수많은 다갈색 담뱃불 자국들은 평화로웠다…….

선생이 이 근처를 지나다가 예전 일이 생각나 어떤 의미도 없이 슬쩍 들러 본다 해도, 그 무의미함은 지실에겐 벌써 아무런 의미가 없었다. 기약이 없으니 만남의 형태조차 불분명하지만 그 기다림은 곧 지실의 삶이 되었다.

여러 달 비워 둔 집에서 옮겨 올 것은 몇 벌의 옷가지와 책뿐이었다.

책을 한 권도 버리지 않고 모두 옮겨 와 집 안 곳곳에 진열했다. 책 정리만 한 달이 걸렸다. 정리를 끝내고 몇 권의 책을 주문해 별채에 작은 서점을 꾸렸다. 선생의 소설을 빠짐없이 구비하여 진열했다. 그가 어느 인터뷰에서 언급해 놓은 고전과 역사, 인문학 서적들을 구매하여 꼼꼼히 읽은 뒤 손 글씨로 일일이 띠지를 만들어 붙였다.

그러고 나서 간판 집에 전화를 걸어 '도래옥'이라 새긴 나무 간판을 세우는 데까지 꼬박 일 년이 걸렸다. 지실은 자신이 직접 꾸민 서점에 그녀의 소설집이 꽂혀 있는 그림을 수없이 상상했다. 오래전에 습작을 모아 제본한 소설을 선생의 소설집 옆에 꽂아 보았다.

퇴색한 에이포 용지 묶음에서 먼지가 풀풀 날렸다. 유치함을 벗어나지 못한 채 낡아 버린 소설들을 펼쳐보고 있자니 눈언저리가 매워서 재채기가 났다. 눈물이 흘렀다. 빈말 같은 혼잣말이 나왔다.

여기에 내 소설을 꽂을 날이 올까? 그런 날이 올까? 언제일까?

―여긴 아담하고 예쁜 무인서점이 있어요. 호스트님이 추천하는 책들은 정말 괜찮았어요. 모처럼 마음에 여유를 갖고 쉴 수 있어 좋았어요. 북스테이 도래옥을 많은 여행자분들께 추천합니다. 최고예요.

운주사가 목적지였던, 고고학을 전공한다는 대학생들도 만족스러운 후기를 남기고 떠났다.

도래옥을 찾아온 사람들은 무인서점과 고택에 대해 많은 평을 남겨 주었다. 온라인상의 소통은 면 대면의 대화보다 내용이 진솔하고 또 풍부했다. 다양한 기호들을 통해 표정과 감정이 읽혔다. 무엇보다 냉철했다. 도래옥에 대한 그들의 평가는 사이트를 통한 후기와 피드백을 목적으로 객실마다 마련해 둔 미니 칠판에 방문자가 쪽지 글을 남김으로써 지실에게 전해졌다. 좋은 평을 들으면 가슴이 벅차오르며 눈시울이 뜨거워진다. 지실은 그것을 몇 번이고 다시 읽어 보게되었다. 그러나 이상하게도 그런 날은 글이 더 써지지 않았다.

긴 머리 여자네 가족이 도착한 이튿날, 그러니까

설날 오후 무렵 그들은 윷을 놀았다. 모, 개, 걸을 외치는 소리와 함성 소리가 연달아 들려왔다.

지실은 행여 자신의 기척이 그들의 시간을 방해하진 않을까 조심하느라 뒷산 쪽으로 향해 있는 테라스를 벗어나지 않았다.

"날 지켜 줘서 고마워."

지실은 뒷산 돼지바위에 대고 조용히 속삭였다.

어두워지자 사람들의 소리가 잦아들었다. 지실은 책상으로 다가가 노트북을 열었다. 머릿속에서 떠오르는 어휘들은 극심한 설단 현상과 부딪쳐 쉬이 입 밖으로 나오지 못한 채 온 감각이 굳어 한 문장을 쓰는데도 수없이 지우기를 반복했다.

새벽 네 시쯤 자리에 누워 아침에야 잠이 들었던 지실은 고소한 음식 냄새에 눈을 떴다가 몸을 뒤척인후 다시 잠이 들었다. 그 바람에 설날 아침, 아니 오전을 통째로 잃어버렸다.

열두 시가 지나서야 침대에서 빠져나왔다. 프라이팬에 해바라기씨 기름을 두르고 두부 세 조각과 달걀한 개, 마늘 세 쪽을 노르스름하게 구워서 멸치볶음, 오이 한 토막으로 식사를 했다. 그러고 나서 말린 작두

콩을 넣고 끓인 뜨거운 물을 한 잔 마셨다.

어두워지자 다락방에 아이들의 실루엣이 다시 나타났다.

갑자기 두 아이가 엉켜 드잡이하더니 부둥켜안은 채 바닥으로 쓰러진다. 웃음소리가 큰 남자는 윷놀이 때 고함을 질러서인지 목소리가 허스키하게 변해 있었다.

아침 아홉 시쯤 아이들이 다락방 창에 얼굴을 딱 붙이고 그녀가 있는 방 쪽을 보고 있었다. 마치 블라인드 뒤에서 그들을 지켜보고 있는 지실을 발견하기라도 한 듯 조그만 얼굴을 창에 붙이고 빤히 보고 있었는데, 주차장에 차가 보이지 않았다.

지실은 쏜살같이 계단을 내려가 칠판을 살폈다. 쪽지 세 개가 붙어 있었다.

―따뜻하게 잘 쉬고 갑니다. 처음엔 티브이가 없어 놀랐는데 덕분에 아이들이 책과 함께 시간을 보낼 수 있어 좋았습니다.

―아름다운 고택입니다. 책이 많아 좋았구요. 다락방도 최고였어요. 다음에 또 올게요.

—우리도 이런 집에 살고 싶어요.

지실은 짧은 문장을 한없이 되뇌어 읽었다.

6

수진은 체크인 시간보다 십 분 일찍 도착했다.

눈처럼 새하얀 패딩 점퍼를 입고 큼지막한 박스를 안은 남자친구와 나란히 사랑채로 향하는 그녀의 모습이 무척이나 생동감 있었다. 까르륵 웃는 소리가 해옥으로 올라와 지실의 귀에 역력히 닿았다.

지실은 블라인드 사이로 두 사람이 사랑채로 들어서는 모습을 지켜보았다. 아름다운 이십 대들이었다. 그리고 오 분도 안 돼 지실의 가슴을 철렁하게 만드는 일이 벌어지고 말았다.

─정말 실망이에요. 이게 뭐예요?

─왜요? 방이 맘에 안 드세요? 두 분이 이용하기엔 충분하지 않나요?

—저흰 본채를 보고 여길 예약한 거잖아요. 여긴 화장실이 하나뿐이잖아요. 자세한 설명을 해 주셨어야죠.

—죄송합니다. 제가 생각이 짧았어요. 두 분이 하룻밤 묵기엔 그 방이 적당할 거라 생각했어요. 빈방은 무섭거든요.

—황당해요 정말.

수진은 단단히 화가 난 것 같았다. 예기치 못한 상황 앞에 지실은 진심으로 미안한 생각이 들었다.

—정말 죄송합니다. 언제든 시간 되실 때 다시 오세요. 두 분께 하루 본채를 내드리겠습니다.

사과의 메시지를 보냈지만 수진에게선 더 이상 답이 오지 않았다. 지실은 발등을 찍고 싶었다. 한편으론 타인의 생각에 대해 한 치의 이해도 없는 이십 대의 발칙함에 슬쩍 화가 나는 것도 사실이었다.

지실은 와자지껄한 아이들의 웃음소리를 듣고서야 함평초등학교 여선생에게 급히 현관 비번을 전송했다. 짧은 커트 머리에 트레이닝복 차림을 한 여선생이 아이들과 함께 본채 앞에 도착해 있었다. 게스트가 도착할 때까지 입실 안내를 잊고 있긴 처음이었다.

씩씩해 보이는 여선생은 토치 사용법에 대해 메시지로 질문을 해 왔는데, 유튜브를 통해 해결되었다며 십 분도 안 돼 벌겋게 피운 숯불 사진을 보내왔다.

아이들의 재잘거림과 이따금씩 터지는 함성이 수진의 불만으로 인하여 가라앉은 뜰에 생기를 불어넣고 있었지만 지실의 마음은 무거웠다.

하늘엔 별들이 유난히 많았다. 소나무 사이를 막 빠져나온 초승달과 뜰에 켜 놓은 여러 개의 전등이 숨죽인 뜰을 더욱 어둡게 만들고 있었다.

사랑채 쪽에서 수진의 울음소리가 들려온 건 열한 시쯤 되었을 때다. 그녀는 오랫동안 울었다. 다음 날, 퇴실 시간이 채 되기 전 그들이 떠나고 저녁 무렵 지실이 가슴 졸이고 기다리던 수진의 후기가 에이 사이트에 올라왔다.

—남친과 헤어졌어요. 이게 다 호스트님 때문이에요. 우린 그동안 아무런 문제가 없었다고요. 둘이서도 넓은 곳을 쓸 수 있는 거 아닌가요? 돈이 그렇게 중요한가요?

어젯밤에 본채 아이들이 얼마나 떠들었는지 아세요? 이 걸로 도래옥과의 인연은 끝입니다.

방이 좁다니. 그 방은 아이 셋 달린 가족이 수없이 다녀갔던 방이다. 다섯 명이 묵고도 별 다섯 개씩을 주었고 간혹은 재방문도 있었다. 수진의 화풀이는 그뿐이 아니었다. 숙소의 소음 문제, 청결 문제, 의사소통 문제에 모두 악평을 해 놓았다.

지실은 눈앞이 캄캄해졌다. 그동안 공들여 유지해 오던 에이 사이트의 숙소 평가 점수가 5.0에서 4.8로 훌쩍 내려가 버린 것이다. 게스트의 세세한 문의에 신속한 응답률 백 프로, 게스트가 다녀간 지 2주 이내에 게스트에 대한 평가와 감사의 인사를 전하는 후기 백 프로를 달성하여, 사이트 오픈한 지 불과 오 개월 만에 달게 된 슈퍼호스트의 배지도 위태로운 상태가 되어 버렸다.

에이 사이트에 노출된 지실의 프로필에 트로피 모양의 배지가 주어진 후, 지실은 침구와 타월을 더욱 철저하게 관리했다. 입실이 있는 날 아침이면 반드시 화장실 수채에 과탄산과 끓인 물을 부어 소독했고, 마른

걸레로 물기를 닦아 냈다. 비대면의 평가는 면 대 면의 경우보다 훨씬 디테일하고 냉정했기 때문이었다.

담담하려고 애썼지만 수진의 악평은 지실의 심사를 온통 뒤흔들어 놓고 말았다.

―돈 몇 푼에 인생 거셨나 봐요?

수진이 훅 던진 메시지는 진실과 무관했다.

지실이 사람들과 부딪히는 걸 꺼리는 이유가 뭐였던가. 수진의 후기는 지실이 지닌 그 고질적 은둔성의 시초를 일깨우기에 충분했다.

아이들이 많던 예전에 아랫마을 삼거리 양지바른 담장 밑에선 매일같이 아이들이 모여 놀았다. 뛰노는 아이들 속에서 유독 지실을 빤히 보던 아주머니가 있었다. 고만고만한 농가가 밀집한 마을 가운데 떡하니 들어앉은 기와집, 그 기와집에 깃든 내밀한 사연에 대해 그녀의 숙덕대는 소리가 담장을 따라 지실의 귀에 흘러들었다. 일찍이 양친을 잃고 갓 태어난 동생마저 하늘나라로 보내 버린 불운한 어린 계집아이의 생김새를 그녀는 집요하게 살피고 들었다.

그녀는 끝내 아이 앞으로 다가왔다.

"쯔쯔, 너는 생긴 것이 영락없이 느그 증조할매다이. 쯔쯔쯔."

지실의 가는 팔과 발목을 샅샅이 훑어 내리며, 심지어는 만져 보며 속삭이던 그녀의 예사로운 말 속에는 깊은 저주가 숨어 있었다. 그녀는 유일한 보호자였던 할머니와 단둘이 산 지실을 기와집 손녀딸이라고 부르지 않았다. '기와집 증손녀딸'이라고 불렀다.

그것은 평범한 마을에 독수리처럼 웅장한 용머리를 펼치고 앉은, 기와집과 연관된 증조할머니의 평탄치 못했던 삶이 지실과 무관할 수 없다는 증거였다. 그 이후 지실은 삼거리에 갈 수 없었다. 그 아주머니는 쯔쯔, 얼굴 근육 어디 움직임 하나 없이 입술 모양마저 흩트리지 않은 채, 기교하게 내던 혓소리와 고요하기만 한 동그랗고 깊은 자신의 눈이 아이를 얼마나 곤란하게 만드는지 정말 몰랐을까?

지실은 등단 후 오 년 되던 해에 습작한 소설들을 모아 단편집을 내려고 했었다. 그러나 막상 세상에 소설을 내놓기가 겁났다. 유치한 수준을 벗어나지 못한 것 같아 자신이 없었다. 당시 주변 사람들이 지실과 단짝이라고 믿었던 채영은은 그때 좀 더 시간을 두고 신중하게 생각해 보는 게 좋겠다고 조심스럽게 조언했다.

신중하다 못해 심각한 그녀의 표정을 지실은 감당하기 어려웠다. 그녀의 말대로 신중하게 생각하는 동안, 지실은 자신의 소설에 대한 걷잡을 수 없는 수치심이 들었고, 결국 소설은 제본 상태로 남게 되었다.

지실은 사람들에게 희망적이고, 위로가 되는 따뜻한 소설을 내놓고 싶었다. 그러나 그녀의 소설은 늘 어두운 상황과 좌절과 죽음뿐이었다. 지실의 호스팅은 달랐다. 사람들을 안내하고, 배려할 수 있었다. 유치함도 작위성도 없었다. 기쁘고 뿌듯했다.

지실의 호스팅은 곧 그녀가 갈망하는 소설이었다.

─잘 지내다 갑니다. 보람된 시간이었어요. 한적한 풍광도 좋고 이불도 포근했어요. 무엇보다 아이들이 너무 좋아했어요. 내년에 또 오겠습니다. 참, 다락방은 정말 최고였습니다.

본채에 들었던 함평초등학교 여선생의 하트를 곁들인 후기가 올라왔다. 훈훈한 후기도 수진으로 인하여 망가진 지실의 격양된 감정을 잠재우지는 못했다. 간신히 답글을 보냈다.

—좋은 시간을 보내셨다니 제가 더 뿌듯합니다. 아이들이 행복하겠어요. 훌륭한 선생님을 만났네요. 감사합니다.

수진은 작년 십이월에 직장 동료들과 함께 본채에 다녀갔던 게스트였다. 그녀가 2주 전에 정원이 열두 명이나 되는 본채를 문의도 없이 2인으로 예약을 완료한 상황이었다.

—이번에는 남친과 둘이서 갈 거예요.

수진의 예약 메시지를 확인한 지실은 서둘러 그녀에게 답글을 보냈다.

—재방문이시네요. 도래옥을 기억해 주셔서 감사합

니다. 그런데 두 분이시니 이번에는 사랑채를 이용하시면 어떨까요?

수진은 지실의 안내대로 순순히 본채 예약을 사랑채로 변경해 주었기 때문에 지실은 그녀에게 사랑채에 대해 추가 설명을 해야 할 필요가 없어졌다. 당연히 사이트를 통해 사랑채의 사진이나 환경을 살펴보았을 거라 생각했다.

둘이서 본채를 쓰게 되면 빈방이 세 개나 될 것이고, 빈방들은 두 사람의 안락함을 방해하는 요소가 될 거라 판단했다. 지실은 빈방의 서늘함을 잘 알았으므로 아담한 사랑채가 커플에겐 제격일 거라 여겼다. 그건 배려였다. 그런데 수진은 난데없게도 본채에 다른 손님을 받기 위해 자신을 사랑채로 안내한 거라는 해석으로 항의했다.

─남친하고 헤어진 게 어떻게 제 탓인가요? 그건 오해입니다.

─끝까지 실수를 인정하지 못하시네요. 원래 그렇게 사셨어요?

곧바로 수진의 메시지가 도착했다. 진실과 무관한, 분노와 원망이 적나라하게 드러난 문장이었다. 지실은 마구 섞여 있는 쓰레기들을 정리하던 손을 멈추고 그 자리에 털썩 주저앉고 말았다.

7

어제 낮 열두 시쯤 지실은 다락방 온도를 살피고 내려오다 한 남자랑 딱 마주쳤다. 신기한 일이었다. 누군가와 이렇게 가까운 거리로 마주칠 일이 없는데, 그럴 리 없는데.

주말이면 여지없이 누군가가 이곳에 오지만 그들은 지실을 찾아오는 것이 아니다. 자유를 찾아오는 것이다. 잘하면 여기 꽤 여러 종류의 새들이 살고 있구나, 구름과 공기가 맑구나, 이곳엔 사람이 만들어 낸 소리는 거의 없구나, 꽃을 피우지 않는 식물이 없구나……. 이런 걸 깨닫고 숙취를 떠안은 채 정확한 시간에 짐을 꾸려 떠난다. 그러고는 매월 말쯤에 전기 사용량을 검사하러 들르는 검침원이 건물 왼쪽 측면으로 올라와 계량기를 올려다보고는 뒤도 돌아보지 않고 바삐 돌아가는 게 전부이다.

그런데 난데없이 두 발짝 앞에 남자가 서 있었다.

"여기 주인이세요?

그에게서 담배 냄새가 났다.

"전 여기서 일하는 사람이에요. 근데 무슨 일이세요?"

지실은 그렇게 대답했다.

반백의 머리카락과 깊은 귀족 주름, 헐렁한 코르덴 바지에 보풀 인 카디건, 정말 오랜만에 사람과 마주 서게 된 지실은 자신이 소일거리를 하며 목구멍에 풀칠하고 사는 중늙은이가 되었다는 걸 새삼 깨달았다.

"이걸 좀 걸려고 하는데요."

남자는 전봇대 아래에 사다리를 폈다.

사다리를 타고 올라간 남자의 손에서 펼쳐진 현수막이 전봇대를 휘감고 착 들러붙었다. 새하얀 천에 드러난 건 활짝 웃고 있는 채영은의 확대된 얼굴이었다. 그녀의 긴 머리카락과 이마, 뺨, 코, 입술 그리고 기다란 목덜미가 지실의 눈앞에서 마구 펄럭댔다. 신문이나 잡지에서 그녀를 마주했을 때랑은 또 다른 느낌을 주면서.

지실은 채영은도 생업 중인 남자도 너무 가까이 있다고 느꼈다.

"나무에 그런 걸 매달면 어떡해요? 소나무 가지가 상하죠."

지실은 남자를 향해 소리쳤다.

"가벼운 거라 괜찮을 거예요."

남자는 대수롭지 않게 말했다.

"안 된다니까요. 사람 말이 말 같지 않아요?"

"이 정도 무게로 나뭇가지가 부러지진 않아요. 걱정 마세요."

남자는 나뭇가지에 현수막 끈을 처매기 시작했다.

"안 된다고 했잖아요. 지금 사람을 무시하는 거예요? 내 말이 우스워요? 그게 뭐 대단한 거라고 살아 있는 나무에 칭칭 끈을 묶어요?"

"대단하죠. 소설가잖아요."

남자는 웃으며 대꾸했다.

"당장 내리세요."

지실은 이내 싸우는 사람처럼 화를 내고 말았다.

"아니 이게 그렇게 화를 낼 일은 아니잖아요."

남자는 그제야 난감한 표정을 짓더니 마지못해 소

나무에 처맨 끈을 풀었다.

채영은의 얼굴이 남자의 손에서 마구 구겨졌다.

"여기 아니면 매달 만한 곳이 없는데."

남자가 주변을 두리번거렸다.

현수막은 낮은 데크 조명 틀에 간신히 매달리게
되었다.

남자는 돌아갔다. 주차장엔 세 시 이전에 도착한
차량들로 거의 꽉 차 있다. 마지막으로 네 시에 흰색
카니발이 주차장으로 들어왔다. 눈에 익은 차량이었
다.

지실은 조수석 쪽에서 내리는 채영은을 한눈에 알
아봤다.

육십이 다 된 나이에도 그녀는 예전의 모습을 간직
하고 있었다. 대충 입어도 어딘지 모르게 멋이 나는 옷
태. 그래서 예전부터 얼마나 많은 남학생들이 그녀를
우러러봤던가. 거기다 그녀의 소설들은 쓰는 족족 날
개를 달고 세상으로 나갔다.

그녀의 소설들은 따뜻하다는 평을 받았다. 지실이
봐도 자잘한 이야기 속에 인간의 훈기가 스며 있었다.

지실은 죽어도 안 되는 부분이었다. 문단은 그녀를 '인간적인 소설가'라고 평했다.

채영은은 차에서 내려 주변을 빙 둘러보고 서 있었다. 그녀를 픽업해 온 노신사는 그녀의 하는 양을 잠자코 지켜보았다. 그녀 특유의 청량한 웃음소리가 지실의 귀로 날아와 총알처럼 박혔다.

지실은 방바닥에 픽석 주저앉았다. 노신사가 그녀에게로 다가갔고, 그들은 나란히 서서 도래옥의 뜰을 바라보았다. 그러더니 천천히 본채를 향해 걸어갔다. 그녀를 안내하는 노신사의 몸짓은 시종일관 정중했다.

채영은은 일박을 하지 않고 일행 몇 사람과 저녁 여덟 시쯤 도래옥을 떠났다. 많은 사람들이 그녀를 배웅했고, 남자 둘과 여자 하나가 신복처럼 그녀를 에워싸고 주차장으로 내려갔었다.

그녀는 이곳이 바로 지실이 태어난 곳이라는 걸 상상조차 하지 못하고 있을 터였다. 그 사실을 알고 있는 유일한 사람은 홍보석 선생뿐이었다.

지실은 고등학교에 들어가던 해부터 이곳을 떠나 자취를 했다. 몇몇은 자취방에 드나들 만큼 가깝게 지낸 적 있었고, 채영은도 그중 한 사람이었다. 그러나 지실은 그 누구에게도 기와집에 관해 이야기하거나 일찍 세상을 버린 부모님의 얘기를 꺼내 본 적 없었다.

이튿날, 지실은 채영은의 쪽지를 읽게 되었다.

—도래옥을 알게 되어 기뻐요. 아름다운 집입니다. 힘들 때 쉬러 와야겠어요. 채영은.

채영은은 늘 상냥하고 친절했다. 한 남학생을 두고 감정이 얽힌 적도 없었다. 그녀와 학부 오리엔테이션 때 우연히 나란히 앉게 되었고, 2학기 첫 수업 때 눈이 마주쳐 또 같은 자리에 앉게 되었고, 매점에 같이 갔고, 점심을 먹으러 지하 식당에 함께 갔고, 첫 소설을 썼을 때 소설 창작 교수로부터 비슷한 평을 받은 것 그뿐이었다. 한겨울 똑같은 떡볶이 코트를 입고 다니게 된 건 그해 겨울 대유행했던 패턴이 빚은 우연이었다.

두 사람이 어울리는 동안 채영은이 지실을 질투할 만한 일은 단 한 번도 일어나지 않았다. 그 사실은, 그 잔인한 사실은 묘한 형질의 통증을 유발했다. 뭉툭한 이물질이 살을 뚫고 피부 안으로 서서히 박혀 들어가서는 오므리고 있던 톱니를 펼치고 빙글빙글 도는 듯한, 마치 썩어 가는 이가 빚은 간헐적 치통과도 비슷한 형태로 나타났는데, 통증과 통증 사이에서 다시 시작될 통증을 늘 상기해야 하는 악성이었다. 은근하면서도, 누군가 나를 향해 안기는 불쾌감보다 강도가 낮았지만 지속적이었다.

지실은 채영은이 남기고 간 쪽지를 손바닥으로 만져 보았다.

정사각형의 균형을 의식하며 그린 듯한 모나지 않은 글씨체, 지실이 소장한 책 곳곳에도 아직 남아 있는 글씨체였다. 목울대에서 컥, 소리가 났다. 치솟은 감정은 소설을 향해 치열하게 달려왔던 지난 시간에 대한 그리움과 아직 여전히 살아 꿈틀대는 소설에 대한 열망에서 나온 격렬한 것이었다.

남자가 매달았던 채영은의 현수막은 둘둘 말린 채 박스 안에 담겨 있었다.

8

도래옥은 한겨울이 되자 사람들의 발길이 뚝 끊겼다. 언제 누군가 여길 다녀갔었나 싶었다.

수진에게서는 오늘도 연락이 오지 않았다. 그녀의 악평으로 인해 실추됐던 사이트 평점은 다른 많은 사람들의 호평으로 곧 복구되었다. 그러나 지실은 수진과의 일을 잊어버리지 못했다. 수시로 그녀에게 메시지를 보냈다.

—수진 님이 오해를 하신 겁니다. 그 부분에 대한 오해를 풀고 싶어요. 답 기다리고 있어요.

수진은 그때마다 마치 이 세상에서 사라진 듯 고요했고, 지실은 미묘한 모멸감에서 벗어나지 못했다. 이 여자 정말 집요하다. 아마 미친 여잘 거야. 망설이다 메시지를 보내고 나면 수진의 거침없는 코웃음이 들려오는 것 같아 후회했다. 그럴수록 진실과 무관한 수진과의 오해를 풀어야 한다는 생각이 강하게 치고 올라왔다.

—답을 기다리겠어요.

지실은 메시지를 보내고 나서 본채 뒤에 있는 창고 열쇠를 가지고 계단을 내려갔다. 버릴 것과 남겨 둘 것들을 정리할 생각이었다.

녹슨 열쇠를 돌려 창고 문을 열었다. 오래된 책 냄새 같은 게 코끝으로 훅 달려들었다. 대바구니들, 한자가 잔뜩 새겨진 누런 병풍, 사기그릇, 스테인리스 밥공기, 제기로 썼던 목기, 심지어는 놋그릇까지 나왔다. 융 표지로 된 앨범도 한 권 있었다.

지실은 먼지 앉은 앨범을 살그머니 펼쳐 들었다.

할머니랑 아버지를 빼고는 모르는 얼굴들뿐이다. 중간쯤에 가족사진이 하나 있었는데, 흰옷을 입은 어른들과 자잘한 아이들 여럿이 찍힌 사진이다. 사진을 찬찬히 들여다보고 있자니 아버지의 목소리가 생생하게 들려왔다.

어린 지실에게 아버지는 사진 속 인물들을 하나하나 설명했었다.

"이분이 할아버지, 할머니…… 그니까 너한텐 증조할아버지 할머니가 되는 거지. 그리고 이분이 네 할아버지. 여긴 네 엄마. 엄마 얼굴 기억나?

어린 지실은 고개를 가로저었고 아버지는 말을 이었다.

"여긴 큰고모, 그리고 이게 둘째 고몬가, 셋쨴가."

"고모가 그렇게 많았어?"

"원래는 다섯이었대."

"다 돌아가신 거네?"

아버지는 침울한 표정으로 고개를 끄덕였었다.

"그럼 이 사람은?"

어린 지실은 증조할머니라는 분 앞에 서 있는, 학생으로 보이는 소년을 가는 손가락으로 짚었다.

"죽은 네 삼촌이란다."

"왜 다들 돌아가셨는데?"

아버지는 다시 앨범을 펼쳐 손을 꼽아 죽은 사람들을 세었다.

"고모 둘이랑, 삼촌, 또."

"또 누구?"

"있어."

"그게 누군데?"

"갓난아기 때 죽은 느이 동생. 많다, 죽은 사람이⋯⋯."

지실의 남동생이 일곱이레 만에 죽던 날 새벽, 지실의 할머니 이삼례 씨는 동이 트기 전 우물에서 밤사이 솟은 첫물을 길어 올렸다. 삼례 씨는 전날 곱게 빻아 두었던 찹쌀가루를 정갈한 물에 적셔 시루에 안치고, 잘 무른 통팥을 빼곡히 얹은 다음, 남은 찹쌀가루로 반죽을 하여 단단히 시루 구멍을 막았다. 부엌에 땔감이 넉넉히 쌓여 있었는데도, 그녀는 남편 윤상기 씨를 불러 허청에 쌓아 둔 장작을 가져오게 했다.

작달막한 키에 살짝 호랑이 상을 지닌 삼례 씨는 마흔아홉 되던 해에 남편과 사별했다. 그녀의 살림 솜씨는 남원 매안 고을 이씨 집안의 관습을 그대로 따른 것이었다. 삼례 씨는 말수가 적고 품행이 단정했던 그녀의 시어머니 이영실 씨를 마음속으로 존경했다. 그리고 시어머니의 삶을 안타깝게 여겼다. 나이가 들자 삼례 씨의 모습과 말씨는 그녀의 시어머니와 흡사해졌다. 촉촉하게 빗은 낭자머리는 늘 단정했으며, 시어머니가 물려준 살림을 살뜰하게 꾸렸다. 시어머니의 제사를 정갈한 심신으로 받들고, 매일 아침 집 안의 거미줄을 홰기 빗자루로 일일이 거두어 냈다. 창고 옆에선 토끼가 새끼를 쳤고, 대문간에는 개를 놓아먹였다. 닭들이 앞 뒤뜰과 마루 밑을 활보하고 돌아다녔지만, 집 안 어디에도 닭똥 한 덩이 굴러다니지 않게 했다. 마루와 토방, 대청이 늘 반들거렸고, 크고 작은 여러 개의 장독을 광이 나게 단속했다.

별채 뒤뜰에선 색색의 봉숭아랑 붓꽃, 채송화랑 맨드라미, 국화가 철 따라 피어났고, 텃밭가로는 호박 넝쿨과 오이 넝쿨이 뒤섞여 우거졌다. 매해 추수를 해서는 메주콩, 서리태, 팥, 흰 동부, 붉은 동부, 녹두, 깨, 들깨, 고추, 가지, 호박, 상추씨를 가려 각각의 삼베 주머니에 넣어 보관했다. 처마 밑이나 기둥에는 종자로 쓸 알 고른 옥수수를 매달아 놓고 씨앗 드릴 봄을 기다렸다. 삼례 씨의 손길이 닿으면 시들어 폭삭 주저앉아 버린 식물도, 마캐 옮은 개도 슬그머니 생기를 되찾았다.

지실의 동생이 죽던 날, 삼례 씨는 허청에 쌓아 둔 장작으로 떡을 익혔다. 매끈하게 잘 빠진 장작은 뒷산 벌목 때 실어다가 손 없는 날 패서, 정갈한 음식을 익힐 때 쓰려고 헛간 한쪽에 차곡차곡 쟁여 둔 것이었다. 그날도 삼례 씨는 부엌에 쌓인 잡목들을 제쳐 두고 깊은 산 소나무 밑에서 긁어다 놓은 마른 솔잎을 불쏘시개 삼아 아궁이에 불을 살랐다. 두 시간 가까이 불을 때서야 시룻번이 노릇노릇해지며 구수한 찰시루떡 냄새가 피어났다. 삼례 씨는 시루 뚜껑을 열고 대나무 젓가락으로 떡 속을 푹 쑤셔 보았다. 떡이 고루 잘 익어 있었다. 때마침 식전에 못논을 둘러보고 돌아온 아들 윤영찬 씨가 사랑채 쪽에서 철커덕 자전거 괴는 소리가 들렸다. 삼례 씨는 아들을 불러 떡시루를 들게 하고, 그녀는 쌀뜨물 우려 뽀얗게 끓인 미역국을 떠 가지고 며느리의 방으로 들어가 삼신상을 보았다. 해산한 지 일곱이레를 맞은 며느리 오춘자 씨는 자리를 거두고 일어나 삼례 씨 옆에 다소곳이 앉았다. 삼례 씨는 아기가 누운 머리맡에 한지를 깔고 미역국과 고봉밥,

정화수를 놓은 오른쪽에 떡시루를 올려놓았다. 문 옆으로도 미역국 한 대접과 고봉밥 한 그릇을 놓고 정화수를 놓았다. 아들을 얻은 기쁨으로 얼굴이 환해진 윤영찬 씨가 볏짚 한 주먹을 들여봐 주고 나서 조용히 방문을 닫았다.

삼례 씨는 짚을 받아 방문 쪽으로 가지런히 놓았다. 그러고는 치맛자락을 단정하게 여미고 무릎을 꿇고 앉아 세상에 나온 새 생명의 무병장수를 간절하게 빌었다. 그날 오후 아기가 죽었다. 유난히 작게 태어난 아기의 몸이 나뭇개비처럼 빳빳해져 있던 것이었다. 외출했다 돌아온 윤영찬 씨가 포도밭으로 오르는 길 어귀에 아기를 묻고 돌아와 침울한 얼굴로 붉은 고추가 매달린 금줄을 내려 태웠다. 산모 오춘자 씨는 소리 없이 울다가 어린 딸이 방문을 열어 보면 퉁퉁 부은 눈으로 얼이 빠진 딸을 빤히 바라보았다. 자식을 잃은 고통에 익숙했던 삼례 씨는 넋이 나간 춘자 씨를 묵묵히 지켜봐 주었다. 몸져누운 며느리의 방을 등지고 앉아 연신 헛헛한 목소리로 집안의 우환을 탄식했다. 춘자 씨는 산독과 슬픔으로 지친 몸을 추스르지 못한 채 아기를 따라가고 말았다.

"지금쯤 다들 만났을 거다."

죽은 사람들을 유난히도 그리워하던 아버지의 목소리가 생생해진 순간, 지실의 머릿속엔 몇 가지의 장면들이 떠올랐다.

그것들은 한 컷 한 컷 선명했다.

각시탈처럼 딱딱한 얼굴을 하고 병풍 뒤에 누운 여인, 멍석에 앉아 빨간 홍어를 먹던 사람들, 대청마루에 걸린 누런 삼베옷들…… 마당을 가득 채운 흰 차일이 거센 파도처럼 눈앞에서 출렁거렸다……. 귀가 길쭉하고, 광대뼈가 살짝 솟고, 이가 하나도 없는 노인과 턱이 둥글고, 머리숱이 많고, 이가 고르고, 몸에 살이 많은 젊은 여인이 장독대에 나란히 엎드려 있었다. 한복 위에 덧입고 있던 노인의 서숙 색 스웨터와 나일론 소재의 치마에 받쳐 입은 육덕진 여인의 보라색 스웨터에 박힌 펄이 햇살을 받아 눈꽃처럼 반짝거렸다.

오래전에 죽은 사람들은 죽은 게 아니었다. 스쳐 갔다고 생각했던 인연들 또한 끝난 게 아니었다. 지실은 그들의 눈빛과 목소리와 그들의 몸짓과 말과 함께 살고 있었다.

그것들은 변함없는 톤과 선연한 자태로 오롯이 남

아 있었다. 때론 서글프게 어느 땐 위안으로 또 어느 순간엔 터무니없는 분노로 변하여 지실을 거세게 흔들어 댔다.

홍보석 선생, 정선과 혜영, 순이 언니, 등대집에 살던 사람들…… 그들은 지실을 떠나지 않았다. 까만 손톱, 깊고 동그란 동공, 신중하고 낮은 목소리…… 그것들 또한 사라지지 않았다. 지실의 가슴속에 생생하게 살아 있었다. 흰머리가 성성해진 지실은 여전히 그들과, 그들이 지닌 것들과 함께 숨 쉬고 있었다.

지실은 수진을 만나야겠다고 마음을 굳혔다. 살아갈 날이 너무나도 많은 이십 대에게 나이 든 속물로 남을 수는 없었다.

그날 수진이 남자친구와 묵으며 이용할 세면대를 청결하게 닦았고, 허리와 목을 지그재그로 뒤튼 자세로 변기 속 가장자리를 여러 번 문지르는 동안, 어느새 수채 박스에 뿌려 둔 과탄산이 보글보글 부풀어 올라 주전자에 팔팔 끓인 물을 천천히 부었다. 화학약품이 빚어낸 희고 독한 거품을 흘려보낸 뒤 마른걸레질을 하고 나니 얼굴이 온통 땀범벅이 되어 있었다는 걸 수진은 모를 테니까.

　화장실 청소를 마치고 났을 때, 숯불을 피워 고기를 구워 먹는 건 아무래도 번거로울 거 같아 마루에서 프라이팬에 삼겹살을 조금만 구워 먹어도 되는지, 그녀가 예의 바르게 물었을 때도 원래는 사용 금지하고 있는 부탄용 가스레인지를 깨끗하게 닦아 마루 한쪽에 가져다 놓고 나서, 해옥으로 올라가 피부가 까져서 살짝 피가 비친 새끼손가락에 연고를 발랐다고. 그러자 또 체크아웃을 한 시간쯤 늦출 수 없냐고 그녀가 물어 왔고, 지실은 그렇게 하시라고, 청이 무리하게 많구나, 약간은 민망하겠구나, 여겨져 흔쾌한 허락을 느끼도록 고민하다가 답변 뒤에 웃음 모양의 이모티콘을 두 개 넣어 보내지 않았느냐고, 그런 배려에도 자신을 몹쓸 사람으로 속단하는 건 아니지 않느냐고 얘기를 해 줘야 했다.

　사람에 대한 좋지 못한 기억은 영원히 소멸되지 않고, 순간순간 정체를 드러내 사람을 우울하게 만드는 일이니 오해를 풀고 오래 남은 삶을 부디 밝게 살아야 하지 않겠냐고 설득해야 했다.

지실은 남겨 둬야 할 것과 버릴 것을 구분하지 못한 채 제기랑 스테인리스 밥그릇 같은 것들을 물끄러미 바라보고 있다가 이내 창고 문을 닫았다. 누런 병풍 뒤에는 아직도 어머니가 탈처럼 부연 얼굴로 누워 있는 것만 같았다.

다음 날도 그다음 날도 지실은 창고 안에 쌓인 물건들 중 버릴 것과 남겨 둘 것에 대해 생각하면서 줄곧 수진의 블로그를 뒤졌다.

9

2000년생 수진의 행선지를 알게 된 건 처음이었
다.

지실은 머리를 좀 매만져야겠다고 생각하고 거울
앞으로 가 앉았다. 서랍을 뒤져 보았다. 집에 머리빗
같은 건 없었다. 오래된 왁스 뚜껑을 열었다.

끈끈한 화학약품은 지문이 닿았던 부분에 변질을
일으킨 상태였다. 생크림 빛의 약품이 투명한 물처럼
산화되어 있었다. 왁스 뚜껑을 닫았다. 눈언저리에서
시작된 경련이 순식간에 전신으로 퍼져 손을 움직이
기가 버거웠다.

멈출 듯하던 비가 다시 쏟아지기 시작했다. 아랫마
을 언덕배기 아래 있는 집 몇 채는 빗줄기에 묻혀 버렸
고, 앞산 위로 드러난 하늘은 뭉툭한 먹구름을 산등성

이로 흘리고 있었다.

지실은 커다란 우산을 쓰고 집을 나섰다.

시내 중앙에 자리한 의류 상가 앞 인도는 무리 지은 아이들로 넘쳐났다. 수진이 또래의 아이들은 하나같이 블로그에 올라오는 그녀와 모습이 흡사했다. 아무리 달콤한 것으로 꾀어도 지실과는 소통이 어려울 것 같은 이십 대들이었다.

지실은 곧장 상가 왼편에 있는 골목으로 들어섰다. 비좁은 골목엔 원래의 색깔을 알아볼 수 없을 만큼 외벽이 낡은 건물에 구멍가게들이 즐비하게 자리 잡고 있다.

입구에 좌판을 펴 놓은 액세서리 가게는 동굴처럼 옴팍한 느낌을 주는 실내가 들여다보이게 문을 활짝 열어 놓았다. 반짝거리는 쇠붙이들 속에 머리핀처럼 마른 여자가 혼자 앉아 있었다. 바로 옆 신발 가게에는 사람이 없었다. 그 외에는 상추튀김이나 닭꼬치, 칼국수 같은 걸 파는 집들이 대부분이었다. 오랫동안 세계와 단절되어 살아온 지실의 눈에 옹기종기 모여 사는 사람들의 모습이 생소하기만 했다. 은행에 갈 일도 없어졌고, 무슨 우편물이나 물건을 어딘가로 직접 부칠 일도 없어졌고, 속옷이나 외투, 비누나 샴푸, 슬리퍼 등을 직접 나와 고를 일도 없는 세상이 되었다. 그야말로 오랜만의 외출이었다.

지실은 골목을 샅샅이 돌아보았다. 그러나 수진이 아르바이트를 시작했다는 디브이디방은 없었다. 하는 수 없이 다시 큰길로 되돌아 나왔다.

피자 가게 앞에 모여 있던 여학생 네 명과 얼핏 봐선 여자아이처럼 곱상한 남학생 한 명이 버스에 올라탄 후, 막 도착한 버스 안에서 대학생으로 보이는 여자아이가 하나 내렸다. 버스에서 내려 바쁘게 내달리는 아이는 헐렁한 후드 코트 차림이었다.

지실은 여학생의 팔목을 붙들고 물었다.

"저 앞 골목에 디브이디방이 어디쯤 있어요?"

"디브이디방요? 아, 절 따라오세요. 저도 그쪽으로 가요."

후드 코트는 잰걸음으로 조금 전 지실이 들어갔다 나온 골목으로 향했다.

이상한 일이었다. 좌판 너머로 실내가 들여다보이는 동굴 같은 액세서리 가게와 신발 가게를 지나 조금 올라가자 작은 골목 하나가 나타났다. 아까는 보지 못했던 역삼각 형태의 골목이었다.

"저 맨 끝 쪽이에요."

후드 코트는 골목 안을 가리키고 바삐 걸어갔다.

비디오방에서 아르바이트를 시작했다는 2000년생 수진이 블로그에서 '골목 안에 또 하나의 골목'이라 말하던 곳은 이곳을 두고 한 말인 게 틀림없었다.

디브이디방 입구 유리문은 짙게 선팅이 돼 있었다.

이중문을 열자 카운터에 앉아 있던 여자아이가 지실을 빤히 쳐다보며 '어서 오세요'라고 말했다. 실내는 예상했던 것과 달리 밝았고, 영화 디브이디 커버가 진열된 귀퉁이에 만화책도 몇 권 보였다.

여자아이는 지실에게 다가와 최신작을 안내했다.

"혹시 여기 이수진이라는 아가씨가 있어요?"

지실은 두려웠다. 수진의 이름을 입 밖으로 뱉는 순간, 서슴없이 공격적이던 그녀의 메시지가 떠올랐기 때문이었다.

"수진이요? 이따 네 시에 출근할 거예요."

볼우물이 인상적인 여자아이는 공손했다.

창문 하나 없는 길쭉한 통로를 따라 여러 개의 방들이 있었다. 여자아이는 지실을 통로 맨 끝 방으로 데려갔다. 비스듬히 뒤로 젖혀진 소파 하나뿐인 방엔 커다란 스크린이 있었다.

지실은 영화가 시작되기도 전 볼륨을 소거하고, 2000년생 수진의 블로그 사진들을 한 컷씩 떠올려 보았다. 사진들은 모두 측면을 찍었거나 뒷모습이거나 어쩌다 앞을 본 건 모자를 썼거나 고개를 숙이고 있어 얼굴이 또렷하게 드러나지 않은 것들뿐이었다. 도래옥에 왔을 때도 먼발치에서 껑충거리던 수진의 걸음걸이만 보았을 뿐 그녀의 얼굴은 보지 못했다.

목소리는 어떨까? 생각하는 동안 자꾸 몸이 떨려왔고 거침없던 그녀의 메시지 문장이 생각났다. 눈앞으론 영화가 흘러갔다. 주인공의 상대역인 듯한 여자가 오른쪽 어깨에 총을 맞고 쓰러지고, 새하얀 카펫에 핏물이 번지고…… 울음소리를 소거한 탓에 여자는 몸짓만으로 고통을 연기했다.

시간이 빠르게 흘렀다. 세상으로 나가는 통로에 튼튼한 셔터가 내려진 느낌이었다. 카운터에 있던 아이까지 어디론가 사라져 버린 듯한 고요를 깨뜨리며 쿵쿵거리는 소리가 두어 번 들리더니, 웃음소리 같기도 하고 흐느낌 같기도 한 여자 목소리가 들려왔다. 소리의 진원지는 옆방인 듯했다.

지실은 벽 쪽으로 귀를 가져다 대고서 벽을 만져 보았다. 스티로폼이나 합판 같은 재질일 거라 생각했던 벽은 딱딱한 콘크리트 느낌이 났다. 방음 때문일 거라고 생각했다. 점점 또렷해지는 소리는 울음소리인가, 웃음소리인가? 울음소리와 웃음소리가 원래 구분이 어려울 만큼 비슷한 거였나?

돈 몇 푼에 인생 거셨나 봐요? 수진의 공격적인 막말이 환청으로 여러 차례 들려왔다.

형편없는 사람에게 뭔가 심하게 해코지를 당한 피해자의 입장이 되어 에이 사이트에 가차 없이 악평을 올린 당돌한 이십 대, 그녀를 만날 시간이 촉박해질수록 지실은 점점 두려워졌다. 그동안 진실을 얘기할 틈을 마련하기 위해 사과의 메시지를 수십 번 보냈는데도 한마디 답도 하지 않는 어린 여자가 괘씸하다기보다 이젠 점점 무서웠다. 무례한 그녀의 태도에 화가 치솟을 때면 지실은 분노의 감정을 실은 메시지를 수차례나 보낸 적 있다.

그냥 돌아갈까. 없었던 일로 치고. 사실 아무런 일도 일어나지 않고 있지 않은가. 에이 사이트 평점도

복구되었고, 일정 시간이 흘러 지실의 가슴을 후볐던 그녀의 악평은 이젠 저 아래 아래로 밀려나 숙소 검색하는 이들이 쉽게 보기 어려운 상태가 되지 않았나. 하지만. 하지만.

"절 찾아오셨다구요?"

처음 보는 이십 대가 그녀 앞에 서 있었다.

수진과 마주 앉았을 때 드는 생각은 이 아이는 집착이 없구나. 속에 가시 같은 게 없구나,였다. 자연스럽게 흘러내린 매끄러운 머릿결과 흔들림 없는 단정한 눈빛. 이 아이는 가까운 사람을 잃어 본 적 없겠구나,였다.

수진은 손가락으로 손등을 꾹꾹 누른달지 티슈 조각을 뜯어 짓구긴달지 블라우스 앞 단추를 습관적으로 여민달지 하는 행동도 없이 다소곳한 자세로 앉아 지실을 바라보았다.

"절 아세요? 무슨 일로 절 찾아오신 건가요?"

조용하고 가느다란 목소리였다.

지실은 푸우, 바람을 내어 달아오른 얼굴로 불어 올리고 나서 입을 열었다.

"도래옥을 기억하고 있어요?"

"네? 도래옥요?"

"그래요. 도래옥. 난 그때 정말이지 수진 씨를 위해 사랑채를 권했던 거예요. 본채에는 방이 세 개나 돼요. 무지 넓잖아요. 두 사람이 쓰기에는 좀 무섭겠다, 판단했던 거예요. 빈방은 원래 좀 무섭잖아요. 그렇지 않아요? 돈 때문이 아니었어요. 그건 순전 수진 씨의 오해라구요. 어쩜 그런 악평을 해 놓을 수 있는 거죠? 자기 감정대로 쏟아 낸 말들이 누군가에게 치명적일 수 있다는 걸 왜 생각 못 해요? 그리고 남자친구와 헤어진 게 왜 내 탓인 거죠? 얘기를 해 봐요. 왜 그게 내 탓인지. 왜 그렇게 입을 꾹 다물고 있어요? 말을 해 보라니까. 그렇게 선한 얼굴을 가지고 어떻게 그렇게 예의가 없어요?"

지실의 목소리가 커지면서 말이 빨라졌다.

"죄송합니다. 저는 잘 모르는 일이에요. 친구에게 에이 사이트 계정을 빌려준 적 있는데 그 앤 지금 한국에 없어요. 유학생이거든요. 거긴 친구가 제 계정으로 한번 이용했던 거예요. 제 친구가 뭘 잘못했다면 대신 사과드리겠습니다. 전 블로그 이런 거 못 해요. 그럴 시간이 없거든요. 여기 보세요. 얘 맞죠? 그날 이 친구가 거길 갔던 거예요."

수진은 휴대폰을 열어 사진 하나를 열어 지실에게 보여 주었다.

지실은 그녀가 내미는 사진을 보았지만 앞에 앉은 아이랑 구분할 수 없었다.

"아가씨의 계정이라면 그동안 내가 보낸 메시지들 봤겠네요?"

지실이 물었다.

"아, 거기 수신 알람을 차단해 두었어요. 잘해야 일 년에 한 번 이용할까 말까 하는 사이튼데 수업 시간에도 그렇고 일할 때도 방해가 돼서요. 아, 무슨 메시지를 이렇게 많이 보내셨어요? 친구가 뭘 잘못한 건가요?"

어린 여자가 지실을 빤히 보았다.

"제 친구가 뭘 잘못했어요?"

"수진 씨가, 아니 그 친구가 뭘 잘못했다기보다 오해를 하고 있어요."

"무슨 오해를요?"

"그게, 그러니까 그게요. 날 아주 지독한 속물로 오

해를 하고 있어요."

"글쎄요. 무슨 일이 있었는지 저는 잘 모르겠지만 그 친구도 나쁜 친구는 아니에요. 고등학교 때부터 친하게 지내서 제가 잘 알거든요."

"나쁘다는 게 아니라, 오해하고 있다니까요. 나를 아주 형편없는 사람으로 생각하고 있는 게 문제예요."

지실은 자신의 마음을 이해시킬 만한 말이 딱히 떠오르지 않는 게 답답했다.

"그러니까 뭘 계산할 걸 안 했거나 뭘 파손해서 변상해야 하는 그런 문제는 아닌 거죠? 혹시 그런 거라면 제가 책임질게요. 저에게 말씀하세요. 저는 이만 가 봐야 해서요. 교대할 시간이 지났어요."

"그런 게 아니라니까요."

"뭔지 정확히 말씀을 하세요. 무슨 얘긴지 저는 잘 이해가 안 돼서요. 뭔지는 잘 모르지만 그 친구도 누굴 함부로 오해하고 그런 성격은 아니니 걱정 안 하셔도 될 거 같아요. 이제 정말 가 봐야 할 거 같아요."

지실은 자리에서 일어나 가볍게 고개를 숙여 보이고 돌아서는 이십 대의 뒷모습을 물끄러미 바라보다가 이내 소리쳤다.

"잠깐만요."

수진은 잠시 멈칫거리더니 총총 걸어가 버렸다.

지실은 예의 바르고 똘똘한 이십 대 앞에서 영락없이 이상한 사람이 되고 말았다. 뭘 잘못한 쪽은 그쪽이 아니라 자신이라는 생각. 지실은 그 결론을 부인할 수 없었다.

10

홍보석 선생이 단상 앞에 서서 청중을 빙 둘러보았
을 때, 지실은 뛰는 심장을 진정시키느라 길게 심호흡
을 하며 그를 바라보았다.

그의 모근에서 묻어나던 미끄덩한 지방과 굵은 머
리카락, 등대집 사각 목상 위에서 몸부림치던 낙지 토
막, 꿈틀거림 속으로 촘촘히 고인 전등 빛, 붉은 꽃무
늬 벽지, 꽃무늬 사이에 박힌 붉은 얼굴들, 금 간 유리
창을 휘갈기던 빗방울 소리, 혜영이 부르던 남행열차,
친친한 하수구 냄새, 북엇국 냄새, 매캐한 가스 냄새,
샤워코롱 냄새, 귀를 울리는 거대한 총성이 한꺼번에
떠올랐다.

그것들은 어느 것이 소리인지 또 어느 것이 장면인
지 냄새인지 구분되지 않았다. 소리도 장면도 냄새도

마치 같은 자리에 뒤죽박죽 섞어 놓은 사물처럼 마구 뒤엉켰다. 와중에 간간이 청중들의 웃음소리가 들려왔고, 혜영과 정선의 얼굴이 또렷하게 떠올랐다. 투박한 군화 소리와 총성도 역력히 들려왔다.

단상 앞에 선 선생의 시선이 지실에게 박힌 순간…… 기억은 택시에서 내려 산중 어느 민박집 앞에 이르러 선생이 자신을 빤히 바라보던 때에 이르렀다.

그러니까 그게 몇 년 전이던가. 지실은 마주친 선생의 시선을 피하지 않았다. 그의 눈빛! 그러나 선생은 곧장 뒷자리 쪽으로 시선을 옮겨 갔다.

강연을 듣기 위해 모인 사람들은 백발의 모습을 한 소설가의 한마디 한마디에 숨을 죽였다. 오늘도 그의 강연 주제는 '사랑'이었다. 그는 육십 되던 해 폐암으로 투병하던 아내를 떠나보내고 나서야 사랑이라는 것에 대해 진중하게 생각하게 되었다고 말했고, 사랑 방식에 미비했던 지난날이 후회된다고 덧붙였다.

강연이 끝나자 누군가 언제까지 소설을 쓰실 건지 그에게 질문했다.

"한 권은 더 써야 하지 않겠어요? 그러지 않아요?"

선생이 인자한 미소를 지으며 질문자에게 되물었

다.

"소설도 좋지만 내가 세상에 나와 열심히 일했으니 이제 사랑도 한번 해 보려고 합니다."

팔십이 다 된 선생의 말에 청중의 웃음이 터져 나왔다. 그러자 그가 큰소리로 덧붙였다.

"이 자리에 오신 분들 중 혹시 저랑 사랑을 해 볼 생각이 있으시면 용기 한번 내 보실래요? 저와 사랑 한번 해 보실랍니까? 저는 이제야 드디어 진정한 사랑을 할 자신이 생겼어요."

웃음과 함께 터져 나온 박수를 받으며 그가 강단을 벗어났다.

지실은 서둘러 강연장을 빠져나왔다.

선생은 관계자와 나란히 복도를 걸어가고 있었다.

"저어, 선생님."

지실은 선생을 불렀다.

마구 쿵쾅거리는 심장의 진동으로 인하여 그녀의 목소리는 지나치게 컸다.

선생이 뒤를 돌아보았다. 드디어 그가 지실 앞에 마주 서게 된 것이다. 수십 년 동안 되풀이되던 상상도 꿈도 아닌 현실.

지실은 지금 그가 덩굴장미 우거진 아치형 통로가 있던 장미여관을 떠올렸으리라 생각했다. 핏빛으로 뒤엉켜 피어난 검붉은 장미꽃들을. 도마만 한 유리창 너머로 희고 뭉툭한 손에서 건네받았던 302호 열쇠도.

"저 모르시겠어요?"

선생은 손톱에 반달이 선명한 오른손 엄지로 왼 손등을 꾹꾹 누르며 의아한 얼굴을 하고 서 있었다.

열쇠는 직사각형 하얀 플라스틱에 매달려 있었지.

장미여관 302호는 팥색 카펫이 깔린 층계를 세 번 꺾어 열여덟 계단 올라가서 오른쪽으로 다섯 발짝쯤에 있었다. 문을 열고 왼쪽 벽에 있는 스위치를 똑딱 켜면 군데군데 담뱃불 자국이 난 미색 장판이 깔린 방이었다. 그때 선생은 방으로 들어서서 곧장 방바닥에 양팔을 베고 반듯하게 누웠다. 지실은 양손 등으로 엉덩이를 받치고 현란한 꽃무늬 침대 위에 앉아 방바닥의 담뱃불 자국들을 찬찬히 바라보았다. 선생은 그대로 깊은 잠에 빠진 듯 보였다. 하지만 그럴 리 없다고 생각했기 때문에 지실은 꽁지발로 살금살금 걸어 화장실로 들어갔다. 푸른 바다 색깔이었던 자잘한 타일 바닥 너머에 원래는 흰색이었을 누런 욕조가 박혀 있었다. 어떤 과일인지 분명하지 않았지만 하여튼 과일 향이 나는 보디 클렌저로 목욕을 했다. 그래야 했다. 이양 언니가 가르쳐 주길 손님을 받을 땐 항상 몸을 씻어야 한다고 했다……

첫 남자는 벙어리처럼 말이 없던 어린 중국집 배달원이었고, 두 번째는 온몸에서 두려움이 묻어나는 대학생이었다…… 그들과 살을 부딪치고 돌아와 밥을 먹는데, 천천히 밥알을 씹는데 귓바퀴 바짝 뒤, 귀와 머리카락 사이에 있는 딱딱한 피부에서 어떤 생명체의 소리가 들려왔다. 그 소리는 포일 조각처럼 납작했다가 어느새 손거스러미처럼 뾰족 솟기도 했다. 화장실에 앉아 있을 때, 고요할 때, 소리는 더욱 분명해졌고 그들의 거친 숨소리가 들려왔다. 지실은 양손으로 귀를 쥐어뜯으며 머리를 흔들었다. 하루 자고 나자 잇몸이 부어오르더니 어금니가 흔들렸다. 볼이 사탕을 문 것처럼 단단하게 부어올랐다…… 세 번째로 선생을 만났다. 선생은 오랫동안 잠을 못 잔 사람처럼 코를 골았다. 잠이 깨면 프런트에 전화를 걸어 소주와 오징어를 시켜 술을 들이켜고는 다시 잠에 빠졌다. 이전의 남자들에게 치러야 했던 의무와는 달리 그의 흰머리를 뽑는 게 그녀에게 주어진 일이었다. 하루가 지나고 나니 두루마리 휴지 조각에 검은 머리카락이 수북이 쌓였다. 이틀째 되던 날 아침, 선생은 이전 남자들이 그녀에게 했던 걸 시도하려 했으나 그는 몸 어딘가에 부상을 입은 사람처럼 고통스러워하며 지실의 턱밑에 머리를 박고 한참 동안 죽은 듯이 엎드려 있다가 눈을 감은 채 일어나 화장실로 들어갔다.

포일 조각처럼 귓바퀴 뒤에 붙어 있던 소리는 통증의 감각마저 허락하지 않은 채 열여덟 살 소녀의 단단한 잇몸을 짓뭉개 놓았던 것이다.

그 어두운 체념의 시간 속에 선생이 있었다.

선생은 의아한 표정으로 지실을 내려다보았다.

"저를 모르시겠어요?"

"어디선가 봤죠?"

그는 여전히 엄지로 손등을 꾹꾹 누르고 서서 그렇게 물었다.

"윤지실이라고 합니다."

"가만, 우리가 어디서 봤던가요?"

아아, 선생의 눈빛엔 약간의 미심쩍은 구석도 없었다.

그에게 장미여관이나 산중 민박집, 도래옥은 이미 그의 기억에서 사라진 세계인 걸까? 그에게 그때 그 소녀는 단지 소설 속 인물일 뿐이었을까?

난감해진 지실의 입에서 엉뚱한 말이 튀어나오고 있었다.

"오래전에 제 소설을 읽어 주셨어요."

"아, 그랬었나요? 그랬군요. 그래 요즘도 소설을 쓰나요? 반가웠어요. 나중에 또 봅시다."

지실은 그가 서둘러 돌아서는 것이 차라리 다행이라고 생각했다.

선생은 복도를 벗어나 주차장 쪽 출구로 사라졌다. 어깨가 구부정했지만 가벼워 보이는 걸음걸이였다.

그는 그녀가 기억하고 있던 사람이 아니었다.

선생을 만나고 돌아온 그날 밤 귓바퀴 뒤 딱딱한 피부에서 부스럭거리는 소리가 들렸다. 그러더니 왼편 아래쪽 어금니가 득신거리기 시작했다. 지실은 진

통제 두 알을 천천히 삼켰다. 새벽녘이 되자 왼쪽 볼이 불룩하게 부어올랐고, 아리던 살은 강한 마취제를 맞은 것처럼 서서히 죽어 갔다.

지실은 살그머니 일어나 노트북이 펼쳐진 책상 앞으로 다가갔다.

창 너머에선 새들이 소란스럽게 깨어나고 있었다.

정선이와 혜영이

1

혜영은 큰길에서 논밭 사이로 난 비좁은 농로와 이어진 비탈길을 오백 미터가량 올라갔다.

'도래옥'은 언제 봐도 평온한 느낌을 주는 그런 위치에 자리하고 있었다. 야트막한 산 아래 들어앉은 고택이 언제 봐도 평화로운 모습이었다. 뒷산 우람한 소나무가 지붕 위로 널찍한 가지를 뻗어 고즈넉한 한옥의 정취를 더해 주고 있었다. 도래옥에서 오십 미터쯤 거리에 창고 같은 연회색 조립식 건물이 세 채 있었고, 그곳으로 간간이 차량이 들고 났다. 그 밖의 인적은 없었다.

혜영이 도착했을 때 주차장엔 벌써 차가 열 대 정도 서 있었다. 혜영은 서둘러 차를 세우고 본채로 올라갔다.

출입문 옆 회벽에 '시 낭송가 이정선 탄생'이라고 적어 붙인 흰 종이가 눈에 들어왔다. 십이월의 매서운 바람이 새하얀 종이 위에 새긴 정선의 이름을 마구 할퀴고 지나갔다. 드센 바람에 파르르 파르르 후들대는 종이가 여차하면 떨어져 나가 밭고랑이나 산 밑 수로 같은 곳으로 날아가 버릴 듯 위태로운 모습이었다.

안으로 들어서자 비둘기색 바지 정장 차림을 한 정선이 환하게 웃으며 혜영을 맞았다.

혜영은 핼쑥한 얼굴을 하고 앉아 있는 노인에게로 다가갔다. 심하게 마른 노인, 그는 바로 어릴 적 혜영이네와 한 집 건너 살던 정선의 새아버지였다.

"그동안 잘 지내셨어요? 저 혜영이에요. 정선이 친구 혜영이요."

노인은 혜영을 알아보지 못하는 듯했다.

"절 모르시겠어요? 국밥집 딸 혜영이에요. 어렸을 때 저수지도 데려가시고 끝말잇기도 가르쳐 주시고 그러셨잖아요."

노인은 입을 다문 채 고개만 한 번 끄덕이고는 동양란 화분처럼 생긴 하얀 단지 옆 다색으로 어우러진 꽃다발만 묵묵히 바라보았다. 한 가족처럼 지냈던 혜영 어머니에 관한 이야기를 한마디도 묻지 않는 그의 무심함에 혜영은 당황스럽기까지 했다. 그토록 다정다감했던 아저씨였는데.

그는 골목에서 빈번히 일어나던 몸싸움이나 분분한 시비로 인한 아귀다툼을 까마득히 잊은 것 같았다.

"저희 어머니 기억 안 나세요? 영암댁요."

혜영이 다시 묻자, 노인의 뒤에 서 있던 늙수그레한 남자가 "정말 오랜만이네, 가수가 됐다면서?" 하며 혜영을 보고 웃었다.

그는 정선의 오빠였다.

늘 모범생 같은 이미지였던 그는 혜영과 어울린 적이 없었는데, "어릴 적 모습이 그대로 있네" 하며 반가워했다.

혜영은 어릴 적 알던 사람들을 대하자 어느덧 육십이 다 된 자신의 나이가 새삼스럽기만 했다. 혜영이 실내 중앙에 있는 초콜릿색의 길쭉한 원목 탁자에 둘러앉은 사람들 쪽으로 걸어갔다. 기타 동아리 멤버들 말고도 정 시인, 시 낭송가 현경 씨, 수필을 쓰는 미라 씨, 연숙 씨, 동화 구연가를 꿈꾸는 미선 씨가 와 있었다.

혜영이 그들과 인사를 나누는 동안 누군가 그녀 앞

에 국화차를 내다 주었고, 곧이어 정선의 음성이 실내를 메웠다.

"이정선입니다. 제가 시 낭송가라고 인사를 드려도 될지 모르겠네요."

인사말과 함께 정선이 읊는 '아버지'가 낭랑하게 울려 퍼졌다.

노인의 시선은 정선에게 가 있었고, 모인 사람들은 모두 노인을 바라보았다. 노인의 눈가가 붉어지자 정선의 목소리가 젖어들었다. 어느 등용문조차 넘지 못한 그녀의 목소리가 잔잔하게 떨렸다. 박수가 쏟아졌다.

이 모임에서 간간이 열리는 시상식에 가족이 참석한 건 처음이었다.

"아버지가요, 저희 아버지가요. 동네 분들에게 술을 한턱내셨답니다. 당신의 딸이 상을 받는다고 온 동네에 자랑을 하셨다네요. 기쁘시답니다. 당신이 상을 한 번도 받아 본 적 없으셔서 더 기쁘시답니다. 오늘 이 상을 저는 아버지께 바치려 합니다……."

아버지를 위한 정선의 가짜 시상식은 성공적으로 끝났다.

여러 분야의 지망생들로 구성된 〈고마리〉 회원들이 '도래옥'을 아지트로 삼은 건 삼 년 전 봄부터였다. 이곳에서 다양한 동아리 활동이 열렸다. 시에서 주는 보조금과 회원들이 내는 약간의 회비로 기타, 노래, 시 낭송, 시 합평 스터디가 번갈아 열렸고, 그런 날은 종일 밖으로 와글와글 사람 소리가 새 나왔다. 이곳은 소음을 문제 삼는 이웃이 없어 최적의 장소였다.

모임의 회장인 조 교수는 애초 그런 점을 고려하여 최근에 개발된 아파트 단지에서 십 분 정도 거리에 위치한 도래옥을 회원들의 활동 장소로 선택하였다. 장소가 외지다 보니 차량이 없는 몇몇 회원의 반대가 있을 뻔했는데, 사는 곳의 방향에 따라 카풀 조를 짜면서 그 문제는 곧 해결되었다.

회원들은 대부분이 오륙십 대의 나이였다.

정년에 가까운 나이가 되도록 시간강사로 이곳저곳 대학을 돌아다녔던 조 교수가 한 지방 신문에 지망생 모집 공고를 냈는데 문의 전화가 빗발쳤던 것이다.

세상에는 뭐가 되고 싶은 사람들이 넘쳐났다. 기타리스트가 되고 싶은 사람, 시인이 되고 싶은 사람, 시낭송가가 되고 싶은 사람, 소설가가 되고 싶은 사람,

수필가가 되고 싶은 사람, 가수가 되고 싶은 사람들이 꾸역꾸역 모여들었다. 중간에 탈퇴하는 회원이 꽤 있었는데도 현재 회원이 쉰한 명이나 된다. 최연소자는 서른세 살, 최고령자는 일흔한 살.

나이가 들수록 더욱 절실해지는 것이 바로 꿈이었다.

회원들은 재작년부터 돌아가면서 의무적으로 가짜 시상식을 치러 왔다.

시상식 날은 당사자의 발표회 날과도 같았다. 시 낭송을 공부하는 사람은 시 낭송을, 시인 지망생은 시화전을, 가수 지망생은 노래를 선보였다. 여러 곳에서 활동을 하고 있으면서도 등용이라는 관문을 넘지 못한 회원들은 늘 의기소침한 상태에 머물러 있기 마련이었다. 해마다 이런저런 공모전이 열렸지만 주최 측의 조건을 충족시켜 등용문을 통과하는 일은 어느 분야건 쉽지 않았다. 또한 등용 후에도 특별한 경우를 제외하고는 활동할 공간이 턱없이 부족했다.

고마리 회원들의 시상식은 의식을 치르는 당사자에게 회원 일동이 회원의 지망 분야를 인정해 주자는 의미에서 비롯되었다. 말하자면 시를 쓰고 있는 사람은 누구나 시인, 소설을 쓰고 있는 사람은 누구나 소설가. 어느 분야든 포기하지 않고 계속한다면, 그게 바로 시인이자 소설가 또는 가수라는 응원의 메시지 전달이었다. 그 시상식을 치르고 난 회원 중 더러는 지망하는 분야에 입선하는 이도 있었다. 쉰다섯 살의 정소연 씨가 첫 번째로 가짜 시상식을 치렀는데, 그 이듬해 대학 학부 시절부터 써 왔던 시를 완성하여 중앙지 신춘문예에 당선되었다. 그런데 진짜 시상식 날 눈물을 보이며 끝까지 함께하겠다던 그녀는 언제부턴가 얼굴을 볼 수 없었다.

처음 정선을 따라왔던 혜영이 아직껏 이 모임에 남아 있는 이유는 각계 회원들의 인맥으로 인하여 간간이 회갑연이나 지역 행사에서 출연 요청이 들어왔기 때문이었다.

조 교수는 회원들에게 일거리를 곧잘 만들어 주었다. 시 낭송을 하는 회원들이나 가수 지망생들을 여기저기 출연시켰다. 심지어는 일 년 된 기타 동아리 팀에게도 공연 자리를 만들어 줄 만큼 그는 모든 일에 적극적이고 또한 발이 넓었다.

정선은 수상 소감을 말할 때 꽃다발을 안고 줄곧

눈물을 흘렸다.

자리가 끝나자 정선이 혜영에게로 다가왔다.

"혜영아, 나 안 부끄러워. 부끄러울 줄 알았는데 부끄럽지 않았어. 우리 아버지 표정 너도 봤지? 그거면 됐어. 나 이제 맘이 편안해. 혜영아, 난 요즘 아버지의 얼굴에서 죽음을 봐. 사람이 죽을 때 정말 저승사자가 데리러 올까? 죽음 후 사십구 일은 정말 망자의 혼이 남아 이승을 볼 수 있을까? 그리고 다음 생은 존재할까? 지옥과 천당 같은 거, 그런 게 어딨겠어. 죽음은 꿈과 기억의 마무리지, 고통의 끝이겠지? 그래도 사십구재는 할래. 어느 절로 모시면 좋을까?"

정선은 울먹이는 소리를 멈추지 않았다. 그녀는 일상에서 마주하는 평범한 사람들의 모습과 자연적인 현상, 즉 나무가 만드는 서늘한 그늘이나 강도가 불규칙한 바람, 밤하늘의 별, 달마저도 섬뜩하게 느껴질 때가 많다고 했다. 화사하고 탐스러운 꽃송이가 무섭게 보일 때도 있다고 말했다.

혜영은 들썩이는 정선의 어깨를 말없이 꾹꾹 눌러 주었다.

행사가 끝나고 일행들이 뒤풀이를 시작할 즈음 혜영은 도래옥을 나섰다.

주차장 옆 화단에 있는 비파나무는 매서운 바람 속에서도 애벌레 같은 새순을 내밀어 올리고 있었다. 시를 공부하는 정일례 씨가 지난봄에 수국을 두 그루 가져다 심은 일이 계기가 되어 예전에 공터였던 주차장 주변은 어느새 화단이 되었다. 지난여름부터 족두리꽃, 붓꽃, 맨드라미, 봉숭아가 어우러져 피어났다.

사실 여긴 화단이 딱히 필요해 보이지 않았다. 집 뒤쪽 야산에 봄부터 겨울까지 온갖 들꽃이 피어났다. 진달래, 참꽃, 냉이꽃, 상사화, 나리꽃, 구절초꽃, 들국화, 달맞이꽃, 그 밖에도 토끼풀꽃, 엉겅퀴 같은 오만 가지 풀꽃들이 사철 피었다. 겨울이면 별채 쪽 뒷산 돼지 발톱 형상을 한 바위 주변으로 줄기를 드리운 검푸른 인동초와 새빨갛게 농익은 찔레가 사람들의 눈길을 끌어당겼다.

꽃이 없는 식물은 극히 드물었다. 잡초라서 일찌감치 제거되는 풀들 중 늦가을에 제법 수려한 꽃송이를 매다는 것들도 있었다.

무언가를 절실히 꿈꾸고 있는 자들의 눈과 귀는 사

철 피어나는 각양각색의 풀꽃들과 열매 그리고 새들의 지저귐에 유난히 민감했다. 특히 매서운 바람 속에서도 검푸른 빛을 잃지 않는 인동초 앞에서 지망생들은 곧잘 감동하고 눈물을 글썽였다. 그들은 풀꽃을 향해 기도하고 솔방울을 올려다보며 꿈을 염원했다.

도래옥은 원래 곱게 늙은 노파가 혼자 살던 곳이었다. 하루도 빠짐없이 집 안을 쓸고 닦던 노파가 죽은 뒤, 일 년 넘도록 사람의 기척 없이 비어 있다가 어느 날 북스테이로 문을 연 곳이라고 했다.

회원들 중 이곳 주인을 만나 본 사람은 아무도 없었다. 입실이나 퇴실이 모두 비대면으로 이루어졌고, 호스트와는 온라인상의 메시지나 전화 통화만으로도 피드백이 가능했기 때문이었다.

혜영은 시간을 확인하고 나서 도래옥을 나와 시내 쪽으로 급히 차를 몰았다.

2

"호연아."

혜영은 방에서 원피스 두 벌을 들고 거실로 나오며 호연에게 물었다.

"어떤 게 나아?"

"오른쪽 건 쌈빡하고 왼쪽 건 고상해."

호연이 고개를 갸웃갸웃하며 말했다.

"고상해서 어따 써. 어느 게 더 젊어 보이냐고?"

"빨간 거!"

그제야 호연은 자신 있게 대답했다.

"아무래도 그렇지? 엄마도 빨강이 좋아."

혜영은 목선이 훅 파인 스판 소재의 타이트한 원피스를 몸에 끼우며 자신이 언제부터 빨강을 좋아하게 되었는지 생각했다. 그게 언제부터였는지 정확하지 않다. 어쩌면 어머니 배 안에 있을 때부터였지 않을까!

호연이 등 뒤로 가 지퍼를 올리자, 혜영의 배가 도톰하게 솟는다.

혜영은 배에 한껏 힘을 주고 서서 요리조리 거울을 보았다. 등과 어깨가 둥실둥실했다. 원래 통통한 몸이 더욱 짜리몽땅하게 보여 우스꽝스럽기까지 하다.

"팔자가 별로면 좀 생겨 먹기라도 할 일이지."

혜영은 거울에 얼굴을 바싹 대고 서서 입술을 포개고 두껍게 발린 립스틱을 고르며 투덜거렸다.

"엄마, 나름 귀여워."

호연이 빙긋이 웃으며 혜영을 향해 엄지척을 날렸다.

"일찍 자."

"오늘은 이상하게 졸리네."

호연을 빤히 보고 서 있던 혜영은 문 쪽으로 걸어가 발에 구두를 끼웠다. 원래는 날렵한 하이힐 볼이 납작하게 퍼진다. 발등이 나날이 도톰해지기 때문이다.

혜영은 느릿느릿 몸을 움직여 현관문을 나섰다. 이층에서 내려와 발소리를 죽인 채 살금살금 마당을 벗어났다.

전직 교장 선생님이었다는 노부부가 사는 주인집엔 불이 켜져 있지 않았다. 한겨울이라 문이란 문을 모두 닫아 놓아서 마치 사람이 살지 않은 지 오래된 집 같았다.

팔십 대인 그들은 누군가에게 바르게 살기를 감시당하는 사람들처럼 생활이 반듯했다. 아침 여섯 시면 마당에 나와 아침 체조를 하고 집 앞을 쓸었다. 그러고는 된장국을 끓여 아침 식사를 했다. 점심을 먹고 나면 박카스 박스, 홍삼 박스 같은 것들을 차곡차곡 모아 노끈으로 단단히 묶어 옆집 박스 할매한테 직접 갖다주었다. 그렇게 하지 않으면 당장 당신들 목숨을 가져가겠노라고 누군가 지켜보기라도 하듯 그런 일과들을 소홀히 여기지 않았다.

혜영은 모범적인 그들과 눈을 맞추고 말을 섞는 게 늘 두려웠다.

그러니까 낡은 이층집 아래에는 교과서 같은 노부부가, 위에서는 저녁 여섯 시쯤이면 도둑처럼 주변을 두리번거리며 살금살금 계단을 내려가 클럽으로 출근하는 혜영이, 아직까진 어떤 쪽의 인간인지 확실하게 구분되지 않는 고3 딸 호연과 아옹다옹하며 살고 있다.

혜영은 노부부가 오후 산책에서 돌아와 저녁을 먹기 위해 집 안으로 들어간 틈을 타 집을 빠져나오곤 했다. 이런 상황은 그동안 혜영에게 일어났던 다른 일들과 마찬가지로 그녀가 의도한 바 없이 얼떨결에 맞이하게 된 상황이었다.

육 개월 전, 혜영은 전 재산을 다 날리고 급한 대로 이곳 이 층을 사글세로 얻었다. 쓰던 가구마저 모두 압류당해 옷가지와 화장품 케이스, 이부자리만 달랑 들고 들어왔다. 인생에서 꿈꾸던 것을 포기하는 것 또한 지혜나 끈기 못지않게 중요한 거라고 혜영에게 늘 충고하던 오빠가 사업 실패로 혜영의 돈을 몽땅 날려 버렸기 때문이었다.

그렇게 어느 날 갑자기 자신의 의지와 무관한 어떤 일들을 맞이해야 하는 것이 사람 사는 일이라는 걸 혜영은 이제 잘 알고 있었다. 하필이면 외할머니가 그녀의 외할머니였던 것과 어머니가 그녀의 어머니였던 것이 그녀가 의도한 바는 아니었던 것처럼.

혜영이 본 적 없는 흑백사진 속의 외할머니는 얼굴이 길쭉하고 귀가 유난히 컸다. 무명 치마저고리를 입은, 야리야리한 데라곤 없는 평퍼짐한 옛날 사람이었다.

"보기와는 달랐어야. 귀도 크고 육덕지고, 생김새는 영락없이 부잣집 마나님 상이었는디. 글쎄 그런 양반이 어째서 평생 동안 구정물에 손을 담그고 살았으끄나이……."

혜영의 어머니는 심심하면 외할머니의 이야기를 들먹였다.

전쟁 통에 혜영의 외할아버지가 돌아가시고, 외할머니가 오 남매를 데리고 생활을 꾸린 곳은 읍 장터에서 마을로 넘어오는 길 중턱이었다. 양반가 규수로 자란 외할머니는 그곳에 떡하니 국밥집을 열었다. 여럿의 자식들과 밥은 먹고살아야 했으니까.

집골목을 빠져나온 혜영은 큰 사거리에 도착해서도 코트 밖으로 삐져나온 빨간 원피스 자락을 줄곧 의식했다. 그녀는 어느 일터에선가 빠져나왔을 보통 여자들과 되도록 눈을 마주치지 않으려고 애썼다. 시선을 주로 버스 승강장 옆 노점 쪽으로 두었다. 가끔씩 주인집 할머니가 거기서 애호박이나 가지를 사는 걸 보았기 때문이다.

할머니는 혜영이 무슨 일을 하는지 알 리 없었지만 마주쳤을 때, '사람은 밤에 자고 낮에 활동을 해야 하는데' 하며 혀를 끌끌 찼다.

몸이 얼어붙을 즈음에야 간신히 택시가 잡혔다. 한겨울인데도 콧잔등 위로 솟은 땀을 손수건으로 살짝살짝 누르며 창밖을 바라보던 혜영은 택시에서 내려 외벽이 낡은 건물 이 층으로 올라갔다. 이런저런 행사가 열리는 소극장에서 오늘은 출판기념회가 열리는 날이었다.

리허설 중이던 기타 동아리 팀원인 주란 씨가 그녀를 보고 살짝 눈웃음을 보내왔다.

혜영은 자리에 앉아 행사 안내장 일곱 번째 식순에 끼어 있는 자신의 이름을 찬찬히 들여다보았다. 찍은 지 십 년도 넘은 프로필 사진과 '가수 박혜영'이란 낯설고 생소해진 자신의 약력을 조용히 되뇌어 보았다. 한때는 어엿한 가수협회의 일원이었던 자신의 삶이 어쩌다 이 꼴이 되었는지. 이런 자리가 일주일에 한두 번만 있어도 사람답게 살 수 있을 텐데.

혜영은 출연진들의 사진과 약력이 번갈아 나타나는 스크린을 물끄러미 바라보며 떨리는 숨을 토해 냈다.

행사가 끝난 시간은 아홉 시 이십 분 전이었다.

밖으로 나오자 조백이 모는 택시가 도착해 있었다.

어두컴컴한 담벼락 밑에 서서 담배를 피우고 있던 조백이 혜영을 보고서 서둘러 운전석으로 올라탔다.

"늦겠지?"

혜영이 물었다.

"최대한 밟아야지."

차를 세게 몰아 시내로 들어선 조백은 갑자기 자라목을 하고 어느 골목으론가 들어서더니, 또 다른 골목으로, 다시 더 후미진 골목으로, 누구에겐가 쫓기듯이 차를 몰았다.

혜영은 마치 없는 길을 뚝딱 만들어 내는 사람처럼 길눈이 밝은 그가 늘 신기했다. 심각한 길치인 혜영은 몇 년째 일하고 있는 클럽 입구가 처음 와 본 곳처럼 낯설기만 했다. 늘 다니던 반대쪽으로 돌아온 탓이었다.

"여기가 어디야?"

하고 보니 클럽 간판이 눈에 들어왔다.

그녀가 무대에 올라가야 할 시간 일 분 전이었다. 지하로 난 비좁고 가파른 계단을 내려가면서 혜영은 습관처럼 크게 심호흡을 했다.

　낡은 건물 지하에서는 락스 냄새, 강한 방향제 냄새, 밀걸레 썩는 냄새가 났다. 그것들은 이제 피부처럼 익숙해져 혜영을 오히려 편안하게 만들었다.

　이 후미지고 눅눅한 지하에서 인간들이 벌이는 일들은 그다지 아름답다고 할 수 없지만 딱히 추하지도 않다. 속해 있는 세계에 맞춰 쓴 가면이 숨통을 조를 때, 사람들은 어둑한 지하로 찾아든다. 그들의 목적은 공간이다. 뭔가를 후련하게 배출할 공간. 말하자면 몸에 쌓인 액체나 꾹꾹 눌러 쟁여 둔 욕설, 악다구니 등을 쏟아 내기 위해 이곳으로 온다.

　여기 오면 그들은 완벽하게 훈련되어 진짜처럼 보이는 가면을 벗는다. 특실, 일반 룸, 귀퉁이 룸, 홀 등 어느 곳을 선택하든 그들은 모두 똑같아진다. 목사 같은 인간이고, 선생처럼 생긴 인간이고, 양아치고, 스님이고 똑같은 구조의 몸 안에 배출할 것들을 잔뜩 지닌 인간일 뿐이었다.

　혜영은 그들 모두를 사랑했다. 노력하다 보니 그렇

게 되었다.

3

원래는 사십 분 타임으로 정해진 일이 오늘도 한 시간을 넘기고 말았다. 취해서 마구 신청곡을 들이미는 손님들 때문이었다. 혜영은 정해진 공연 시간을 훌쩍 넘기게 되는 일에 익숙해진 지 오래였다. 그런 상황에 불만은커녕 오히려 위안을 받았다.

"9호실."

공연을 마치고 내려오는 혜영에게 사장이 입 모양으로 말했다.

9호실은 주방 옆에 있는, 이 집에서 제일 작은 룸이다.

이곳에 처음 와서 그 귀퉁이 룸으로 안내된 사람들은 주로 누군가의 밥이겠다 싶은 사람들이었다. 특실 룸이 지나치게 넓고 잘 꾸며져 있다는 사실조차 모르는 사람들.

사장은 그런 사람들을 귀신같이 알아봤다. 용희 삼촌도 인간 보는 눈이 없다고 사장에게 늘 깨져서, 이젠 그런 사람들을 가려내는 일에 도가 텄다.

두 사람의 판단으로 9호실에 안내된 손님들은 바퀴벌레가 수시로 기어 나오는 비위생적인 환경이나 그곳에서 마주하는 혜영에게 불만을 드러내는 일이 거의 없었다.

그 룸은 혜영의 유일한 희망이었다.

그곳에서만큼은 분재처럼 근육이 박인, 짧은 그녀의 종아리와 잦은 염색과 파마로 손상된 거친 머리카락, 다른 여자들에 비해 땀구멍이 굵은 얼굴 피부가 잘 드러나지 않았다. 어두운 조명이 그런 것들을 가려 주었다.

귀퉁이 공간을 살리려다 보니 그렇게 된 듯, 룸은 삼각형도 아니고 사각형도 아닌 애매한 모양새다. 그곳에 딸린 화장실은 삼각형이다. 그곳으로 안내된 사람들은 대부분이 늙은 무명 가수에게 만족했다.

혜영은 거기서 마주치는 사람들에게 최선을 다했

다.

최선을 다했다는 말은 누군가에게 대접받아 본 적 없을 사람들의 밥이 되려고 노력했다는 얘기다. 그러다 보니 이삼만 원 정도의 팁을 주고 그녀의 노래를 들으려는 단골이 꽤 생겼다. 어차피 룸이 크니 작니 따지는 사람들은 키가 작고 몸이 통실통실한 혜영과 맞지 않았다.

"좀 쓸 만한 애들 없어?"

딴생각이 있는 사람들은 그렇게 화를 내면서 그녀를 거부했다.

9호실엔 사십 대 후반으로 보이는 남자가 멀뚱히 앉아 있었다.

남자는 말이 없는 편이었다. 그는 뭔가 불만을 속에 잔뜩 쟁여 둔 사람처럼 부르터진 표정으로 줄곧 모니터 화면만 쳐다보았다. 혜영의 시선이 그의 뭉툭한 손등에 머문 순간, 그도 거친 자신의 손을 물끄러미 내려다보았다.

페인트공인가! 무릎 부분이 새끼손가락 한 마디만큼 찢어진 낡은 청바지에는 군데군데 흰 페인트가 묻어 있었다.

그가 고개를 들어 마주 앉은 혜영의 얼굴을 빤히 쳐다보았다. 혜영이 활짝 웃자 그도 멋쩍게 따라 웃는다.

"혹시 고니를 알아요?"

혜영이 그를 향해 물었다.

"새 말이에요?"

그가 입을 열었다.

"응, 새."

"주둥이 노란 새 말이에요?"

"맞아요."

"오리랑 똑같이 생겼잖아요."

"맞아요. 부리가 플라스틱처럼 딱딱해 보이고요."

"몇 살이에요?"

"개띠요."

혜영은 두 살 내려 대답했다. 여기서는 나이 많은 게 가장 큰 흠이니까.

그는 혜영의 중지에 낀 실반지를 빤히 바라보았고, 혜영은 그가 신청곡을 청하길 기다리며 모니터 쪽을 바라보고 있었다. 만개한 목련이 모니터 밖으로 금방이라도 튀어나올 듯 클로즈업된 순간, 사방에서 광란하던 노랫소리가 뚝 끊겼다.

모니터가 깜깜해졌다.

"뭐예요? 왜 이래요?"

남자가 흠칫 놀랐다.

"단속 떴어요. 경찰."

혜영이 속삭이듯 다급히 말했다.

경찰이라는 말에 남자가 놀라 먼저 밖으로 나갔다.

혜영은 재빨리 룸을 빠져나와 비상구 쪽으로 달렸다. 불빛이 희미한 비상구 계단을 냅다 뛰어 올라갔다. 앞에도 뛰어가는 사람이 있었다. 뒤에 오던 여자들 중 누군가가 혜영을 앞질러 뛰어갔다. 걸렸다면 도우미로 몰리기 십상이었다.

사실 한 사람을 위해 룸에 들어가고 가끔은 술 시중을 드는 가수가 세상에 어디 있겠는가.

혜영은 주머니에 손을 넣어 부적처럼 지니고 다니는 나달나달한 가수 회원증을 만져 보았다. 스물여섯 살에 전국 트로트 대회에서 당당하게 입상하여 가수 협회가 발급해 준 그것은, 이젠 정말 기간이 만료된 운전면허증과 별다를 게 없는 종잇조각이 되고 말았다.

혜영은 옥상으로 올라가 클럽 입구를 내려다보았다.

건물 앞에 순찰차가 서 있었고, 클럽에서 빠져나온 남자들이 염소 떼처럼 우르르 골목을 벗어나고 있었다. 대기실에 있던 도우미들의 무리도 보였다. 누군가 또 신고를 한 모양이었다.

민원이 잦아지면서 혜영은 오늘처럼 쫓기기 일쑤였다.

말이 전속 가수지 매출을 올려 줄 만한 손님에게 실속 있게 그녀의 노래를 팔아먹는 사장뿐 아니라, 이젠 용희 삼촌, 술 냄새 전 소파, 오래전부터 불이 들어오지 않는 촉 나간 전등 하나에도 정이 들어 혜영은 이곳을 떠날 생각을 하지 못했다. 무엇보다 오라는 데가 없었다. 파트타임으로 일하던 곳도 싱싱한 신인들이 다 차고앉아 그녀가 갈 만한 자리가 없었다. 어디서도 불러 주는 곳이 없다 보니 혜영이 이곳에 못 박고 생활한 지도 벌써 팔 년째였다.

혜영은 옥상 입구에 서서 처음 클럽에 오던 날을 떠올렸다. 애자 언니가 오랫동안 전속으로 일했던 나이트클럽 지배인의 소개로 찾아온 클럽이 요란하지 않은 한적한 골목에 있었던 건 다행이었다.

　골목으로 들어서서 두리번거리던 그날, 외관 벽이
검게 퇴색한 예식장과 그 뒤쪽으로 쌍둥이처럼 서 있
는 낡은 모텔 두 동이 눈에 들어왔다. 환하게 불을 켜
놓은 동강여인숙 간판이 그나마 어두운 골목을 밝히
고 있었다.
　"저기다."
　애자 언니가 클럽 간판을 먼저 발견했다.
　혜영은 애자 언니를 뒤따라갔다.
　애자 언니의 머리 위로 마이크를 쥔 여자 삽화가
그려진 도마만 한 입간판이 입구에 놓여 있었고, 벽면
에는 사각 전광판이 하나 더 걸려 있었다.
　흰 바탕에 붉은 네온의 글자들이 깜빡거리며 흐르
듯이 지나갔다. 극 장 식 성 인 클 럽. 나타났다 빠르
게 사라지는 글자들이 혜영의 머릿속을 온통 흐트러
트렸다.
　"이상한 데 아닐까?"
　커다란 간판 밑으로 성큼성큼 걸어가던 애자 언니
가 중얼거렸다.

혜영은 왼쪽 다리에 먹먹한 통증을 느꼈고, 현란한 네온을 다시 한 번 확인하듯 올려다보았다.

난간의 붉은 조명이 기이한 빛을 발하는 지하 계단을 내려갈 때는 심장이 밖으로 통째 굴러 나올 듯 쿵쾅거렸다. 그런데도 혜영은 애자 언니를 앞질러 계단이 있는 입구로 훌쩍 걸음을 떼어 놓았다. 긴 계단이 끝나자 스르륵, 자동 출입문이 열렸다.

"괜찮겠어?"

뒤처진 애자 언니가 큰 소리로 물었다. 혜영이 고개를 끄덕여 보였다.

결국엔 애자 언니를 앞세우고 안으로 들어섰다. 사십 대 중반쯤 돼 보이는 남자가 그들을 맞았다. 남자와 눈이 마주친 순간, 혜영은 애자 언니의 등을 꽉 꼬집었다. 그냥 나가자는 신호를 그렇게 보낸 거였는데, 덩치 좋은 애자 언니는 튼튼한 전봇대처럼 꼼짝 않고 남자와 마주 섰다.

호기심 있는 얼굴로 그들을 살피던 남자는 목에 황금 새끼 뱀 같은 목걸이를 걸고 있었다. 그는 딱 봐도 사람을 보는 눈이 발달해 있을 것 같았다. 희미한 조명 아래서 번쩍거리던 두 눈이 혜영의 위아래를 쓱 훑는 순간, 혜영은 자기도 모르게 고개를 숙이고 말았다. 남자는 한눈에 혜영의 종아리가 짧고 통통하다는 걸 알아챘을 것이었다.

긴 복도 천장에는 붉은색 전등이 여러 개 박혀 있었다. 낮은 조도의 불빛들은 그곳에서 일어나는 모든 일들에 침묵하겠다는 듯 고요하기만 했다.

실내에 고인 락스 냄새와 독한 방향제 때문에 연달아 재채기가 나왔다.

"저어, 동혁이 오빠가."

애자 언니가 말했다.

동혁이란 사람은 당시 그 바닥에서는 알아주던 클럽 지배인이었다.

"아, 자 일단 이쪽으로 와요."

남자가 앞장서 홀을 지나 길쭉한 통로를 걸어갔다.

"형, 여기 음료수 좀 가져다줘."

조용한 데서 얘기를 하자며 깊숙한 룸으로 두 사람을 안내한 남자가 어딘가에 대고 큰 소리로 외쳤다. 남자는 그곳에 사람을 영원히 가둬 둘 것처럼 문을 쾅, 닫았다.

곧바로 나이 들어 보이는 남자 웨이터가 캔 녹차를

가져다 놓고 조용히 나갔다.

"두 사람은 친군가요?"

"아니요, 아는 언니예요."

혜영이 대답했다.

"동혁이 성이랑은 어떻게 아세요?"

"일하면서 알게 됐어요."

그 물음엔 애자 언니가 대답했다.

"오늘부터 일할 수 있죠? 참 몇 살이에요?"

남자가 물었다.

"오십이 다 됐어요."

혜영은 머뭇거렸다.

"여긴 나이 든 손님들이 주로 오니까 나이는 괜찮아요."

남자는 근래에 만나 본 사람들 중 가장 흡족하게 혜영을 맞아 주었다. 외모가 특이하다고 칭찬까지 했다.

혜영은 아무것도 생각하지 않기로 했다. 당시 사춘기 아이답지 않게 돈 걱정을 하며 옷이든 신발이든 만원 미만인 싸구려만 찾던 딸 호연이만 생각하기로 했다.

애자 언니는 말없이 혜영을 바라보았고, 혜영은 그녀를 향해 고개를 끄덕여 보였다.

"나는 여기 사장이에요. 그냥 편한 동생처럼 생각해요."

사장은 명색이 클럽의 전속 가수를 뽑는 면접을 그렇게 간단하게 마치고 바쁜 듯이 밖으로 나갔다.

"형, 언니들 옷 한 벌씩 골라 드려."

밖에서 혜영이 원하는 건 뭐든 다 들어줄 것처럼 호탕한 사장의 목소리가 들려왔다. 사장이 형이라고 불렀던 나이 많은 웨이터가 바로 용희 삼촌이었다.

그날도 용희 삼촌은 짧은 머리에 젤을 듬뿍 바른 모습이었다. 눈이 부실 만큼 새하얀 셔츠 때문이었을까. 아예 볕을 보지 못한 사람처럼 얼굴에 형광빛이 돌았다.

용희 삼촌은 주방 뒤쪽에 있는 밀실로 두 사람을 데려갔다. 긴 행거에 드레스가 여러 벌 걸려 있는 창고 같은 방이었다. 한눈에 봐도 옷들은 누군가 입었던 흔적이 있었다.

"아무거나 골라 입어도 돼요. 어차피 주인이 없는 옷들이니까."

용희 삼촌은 그렇게 말하고 나서 문을 닫아 주고 나갔다.

혜영은 초록 바탕에 흰색 나뭇잎 문양이 있는 원피스를 골랐다. 누군가 뿌려 놓은 향수 냄새가 살짝 남아 있었다. 예전 등대집을 떠올리게 하는 냄새였다. 가벼운 시폰 소재의 원피스는 손이 줄줄 미끄러질 만큼 보드라웠으나 살에 닿는 감촉은 섬뜩했다.

애자 언니는 치렁치렁한 검은색 드레스를 걸쳐 보더니 "마녀 같지?" 하며 깔깔거렸다. 그러더니 얼른 벗어서 제자리에 걸어 놓고 흰색 원피스를 집어 들었다.

혜영은 애자 언니와 트로트 가요제에서 처음 만났던 날을 떠올렸다. 희망과 자신감으로 눈빛이 반짝거리던 그 시절은 아득한 옛날이 되어 버렸다. 그때 애자 언니가 대상을 받았고 혜영이 최우수상을 받았었다. 그러나 두 사람 모두 그뿐이었다. 거기서 한 발짝도 더 나아가지 못한 채 노래를 부를 수 있는 공간을 찾아 지역 축제장과 심지어는 환갑잔치, 나중엔 전국에 그물망처럼 얽혀 있는 '떴다방'을 돌아다녔다.

몸에 꽉 쪼인 원피스를 입은 애자 언니가 통통 분 어묵처럼 포동포동한 양팔을 옆으로 쫙 뻗으며 뱅그

르르 돌더니 다른 드레스를 고르느라 옷들을 몽땅 헤
집어 놓았다.

나뭇잎 문양이 있는 초록 원피스는 혜영에게 약간
컸지만 그냥 입기로 했다. 키가 작아 뭘 입어도 어차피
맞지 않을 테니까.

"귀엽다, 그 원피스."

애자 언니는 무릎 아래까지 내려온 혜영의 치맛단
을 잘 펴 주었다.

그 방은 이제 고장 난 선풍기나 제습기 같은 걸 넣
어 두는 창고가 되었다.

그날 혜영은 클럽이 처음도 아니었는데 몹시 두
려웠다. 두려움을 애써 누르며 불그죽죽한 조명 밑으
로 걸어 나가는 두 사람을, 용희 삼촌은 희한한 눈빛으
로 빤히 쳐다보았다. 그리고 며칠이 지난 뒤에야 '이런
곳'까지 오게 된 이유를 조심스럽게 물어봤다.

드레스를 입은 신부처럼 대기실에 어색하게 앉아
있었던 그날, 애자 언니는 자꾸만 무슨 말인가를 시켰
다. 그러나 혜영은 어머니와 형제들과 호연을 생각하
느라 그녀의 얘기가 귀에 잘 들어오지 않았다. 애자 언
니가 몹시 절망하고 있다는 건 알 수 있었다.

"아무래도 여긴 아닌 것 같아."

이십 분쯤 지나 애자 언니가 자리에서 발딱 일어났다.

"어쩌겠어."

혜영은 애자 언니의 옷자락을 꽉 붙들었다.

룸은 혹독한 바깥 날씨와 상관없이 안락하고 따뜻했다. 너무 밝지 않은 조명과 낡은 소파의 감촉이 편안하고 부드러웠다. 혜영이 무대에 설 시간이 되었지만 손님은 한 사람도 오지 않았다. 혜영은 빈 테이블들을 둘러보며 혼신을 다해 노래했다.

사장은 테이블 중앙 쪽 의자에 앉아 어디론가 줄곧 전화 통화를 하면서 혜영을 뚫어지게 바라보았고, 용희 삼촌은 출입문 입구에 보초병처럼 단정한 자세를 하고 서서 그녀의 노래를 들었다. 열한 시 조금 넘어 사장 친구 두 사람이 와서 혜영을 앉혀 놓고 소주 세 병에 맥주 다섯 병을 먹었다. 그들이 돌아간 후 대기실로 야식이 배달되었지만 두 사람은 윤기 나는 돼지족발을 먹지 않았다.

집으로 오는 길에 애자 언니가 배가 고프다고 하여 대로변에 있는 뼈다귀탕 집에 들렀다.

"괜찮겠어?"

애자 언니가 걸쭉한 국물을 떠먹으며 물었다.

"어쩌겠어!"

혜영은 힘없이 대꾸했다.

그 무렵 애자 언니는 노래라면 신물이 난다며 동거 중이던 남자와 함께 서울로 떠났다.

그게 벌써 팔 년 전의 이야기가 되었다.

그곳에서 일한다는 사실을 식구들에게 들켰을 때, 혜영은 몹시 시달렸다. 그들은 혜영이 자기들 체면에 먹칠한다며 막말을 했다. 누군가 시작하면 벌 떼처럼 한꺼번에 나서서 왕왕거렸다. 혜영의 옷차림이나 화장하는 걸 가지고도 일일이 시비를 걸었다. 호연은 그때마다 혜영과 공범인 양 난감해했다. 뭘 먹고 있을 때는 사레가 들려 얼굴이 새빨개지도록 기침을 쏟아 냈다. 혜영은 될 수 있으면 가족들을 만나지 않았다. 호연에게는 자신이 하는 일을 말한 적도 없지만 애써 숨기지도 않았다. 숨겨야 할 일을 구분 못 하거나 생각이 없어서 그런 건 아니었다. 보이기 싫은 건 감추고 좋은 것만 보여 줄 수 있는 그럴 상황이 아니었기 때문이었다. 호연이 아홉 살 때인가는 애를 데리고 깍두기 아저씨들을 만난 적도 있었다. 클럽과 연관되는 사람들이었다. 생활정보지 구인란을 통해 만났던 불법 약장수들이 일부 잡혀 들어가고, 나머지는 단속반을 피해 뿔뿔이 흩어진 뒤 살길을 찾던 시기였다. 호연은 그때 그들을 '무서운 아저씨들'이라고 불렀다.

'떴다방'에서 노래하던 시절은 그나마 좋았다. 어쩌면 그때가 혜영의 전성기였는지도 모른다. 월급을 두둑하게 준다는 광고를 보고 만났던 김 부장은 하루에 노래를 몇 곡이나 부를 수 있는지 물었다. 혜영은 노래라면 종일도 할 수 있다고 자신 있게 대답했다. 혜영은 그날부터 노인들을 모아 놓고 옥장판이나 생수 등을 터무니없이 비싸게 파는 조직의 일원이 되어 노래를 불렀다. 적지 않은 보수보다도 자신의 노래에 신명 나서 몸을 흔들어 대며 박수갈채를 보내는 노인들을 보면 행복했다. 노래가 끝날 때마다 돌아오던 환호와 박수갈채는 이제 죽어도 여한이 없다는 말을 실감나게 했다.

잘못된 많은 일들은 언제나 뒤늦게야 그 정체가 분명해졌다. 문득문득 혜영의 불안정한 일상이 호연에게도 자연스러워진 것을 느낄 때, 혜영은 비로소 눈앞이 아찔해지곤 했다. 그러나 도무지 바로잡을 기회가 오지 않았다. 어쩌면 호연이 어떤 식으로든 독립할 때까지는 책임져야 할, 무거운 굴레를 견딜 수 있었던 것도 아이에게 굳이 뭔가를 감출 일이 없어졌기 때문에 가능했던 건지도 모른다.

예민한 나이에도 호연은 별다른 문제를 일으키지 않았다. 혜영에게 불만을 드러내는 일도 없었다. 가끔은 저 입으려고 산 미니스커트를 슬그머니 내주기도 했다. 한번은 호연이 혜영의 원피스를 입고 밖에 나간 적이 있었다. 그것도 혜영이 노래를 할 때만 입는 희한한 원피스를. 그때 혜영은 자신이 딸을 오염시켰다는 오로지 그 생각만으로 화를 추스르지 못해 호연을 심하게 꾸짖었다. 난생처음으로 두어 대 등짝을 갈겼다. 그 후로 호연은 두 번 다시 그런 말썽을 피우지 않았다. 혜영의 생활에 대해 많은 걸 알려고 하지도 않았다. 오히려 못 본 척, 모르는 척하는 부분들이 많았다. 어쩌다 보니 그런 상황이 되어 있었다. 호연이 벌써 오래전부터 혜영이 밖에 나가 무슨 짓을 하고 다니는지 훤히 눈치채고 있을 거란 사실을 모르지 않았다.

혜영은 후미진 골목에 박힌 삼류 클럽에서 일어나

는 무수한 일들에 관해 익숙해지기 전, 터져 나오는 울음을 참지 못할 때가 많았다.

언젠가 새벽녘에 집에 돌아와 냉장고에서 얼음주머니를 꺼내다 놓고 두 다리를 죽 뻗고 앉아 차분히 울음을 터뜨렸다.

"다른 사람들이 보는 데서도 그렇게 울고 그래?"

호연이 방문을 열고 선 채 물었다.

"왜?"

혜영이 울면서 대꾸했다.

"꼭 바보 같잖아."

"정말?"

"거울 좀 봐 봐. 제발 밖에서는 그러지 좀 마. 남들이 깐보니까."

그때 호연은 방문을 닫은 후 텔레비전을 크게 틀더니 혼자서 라면을 끓여 먹었다.

인간이라는 것이 자기랑 가장 밀접한 관계에 놓인 사람이 모자랄수록 자신 스스로를 단단하게 만든다는 진리를, 혜영은 호연을 통해 오래전에 깨달았다.

그러나 세상의 대다수 부모들은 그걸 모르고 자식들을 상대로 별 꼼수를 다 부린다. 그들이 얼마나 깊은 줄도 모르고.

4

혜영이 공연을 마치고 무대에서 내려왔을 때, 그녀
또래로 보이는 여자 여섯 명이 우르르 몰려와 홀 중앙
테이블로 앉았다.

혜영은 대기실에 앉아 여자들이 왁자지껄 떠드는
소리를 들었다.

"손님."

용희 삼촌이 문을 반쯤 열고 고개를 내밀었다.

9호실에서 혜영의 노래를 청한 노인은 검은색 양
복을 입고 있었다.

혜영이 허리 굽혀 인사를 하자 노인이 말했다.

"훌륭한 가수시라고?"

"훌륭하긴요."

혜영이 웃으며 말했다.

"내가 몇 살이나 먹어 보이는가?"

"음."

혜영이 머뭇거렸다.

"나는 소띠라서 평생 일만 하고 살았어."

노인이 갑자기 억울한 표정을 지었다. 노인의 심부름으로 담배를 사 온 용희 삼촌이 사십오 도로 몸을 굽혀 인사를 하고 나가자 노인은 곧바로 노래를 불러 달라고 했다.

"무슨 노래를 좋아하세요?"

혜영이 물었다.

"동숙의 노래 어떤가? 나는 그 노래가 참 듣기 좋던데, 구슬프고."

혜영은 노인이 신청한 노래를 찾아 예약 버튼을 눌렀다. 혜영이 막 자리에서 일어나는데 노인의 몸 어디선가 휴대폰이 울렸다. 그는 얼른 입술에 검지를 가져다 댔다.

노인은 양복 안에 주머니가 여러 개 달린 조끼를 입고 있었는데 용케도 단번에 휴대폰을 찾아냈다.

"지금 막 장례식장에 도착했어. 늦지 않게 갈 테니까 먼저 자……."

노인은 지금 막 장례식장 안으로 들어서서 친구들을 발견한 사람처럼 오른손을 번쩍 들어 올렸다. 능숙하게 아내를 속인 그는 통화가 끝나기 바쁘게 어서 노래해 달라고 재촉했다. 전주가 흐르는 동안 노인은 마치 자신이 노래를 부르기라도 할 듯 큼큼, 목청을 가다듬었다.

혜영의 노래가 끝나자 그는 칭찬을 쏟아 내며 맥주를 한 잔 따라 주었다. 여러 차례 사양에도 불구하고 굳이 술잔을 디밀더니, 자리에서 일어나 러브샷을 하자며 혜영의 팔을 휘감았다.

노인은 높이 치켜든 잔을 비우고 나서 빈 잔을 머리 위로 가져가 탈탈 털었다. 하는 수 없이 혜영도 잔을 비웠다. 그러자 기다렸다는 듯 사과 한 조각을 혜영의 입안에 넣어 주고서야 감은 팔을 놓아주었다.

노인이 다시 노래 두 곡을 신청했다.

노래를 부른 뒤에는 또다시 러브샷을 청해 왔고, 티슈를 뽑아 얼굴과 테이블 바닥을 번갈아 가며 닦았다. 이상할 정도로 모든 행동을 반복하던 그가 이번엔 혜영에게 담배를 권했다.

술 시중을 들러 온 도우미 취급을 받은 혜영은 자

리를 박차고 나가야 마땅했다. 그러나 담배를 받아 입에 물었다. 룸 안이 담배 연기와 조명등의 열기로 뿌예졌다.

"좋은 재주를 가지고 왜 하필 이런 곳에서 일을 하지?"

노인이 물었다.

"여기가 좋아서요!"

혜영이 웃으며 대답했다.

"한 곡 더 들려줘."

노인은 계속해서 노래를 청했다.

"한 곡 불러 보실래요?"

혜영은 노래책을 만지작거리며 노인의 의향을 물었다.

"나는 일만 하느라 노래를 못 배웠어. 끝까지 할 줄 아는 노래가 한 곡도 없어. 믿기지 않지?"

노인이 갑자기 서글픈 표정을 지었다. 혜영은 하는 수 없이 장장 두 시간 동안 쉬지 않고 노래를 불렀다.

노인이 돌아간 뒤 혜영은 텅 빈 대기실에 대자로 누워 있었다. 말이 클럽이지 오래전부터 이곳엔 도우미들이 드나들었다. 며칠 전부터 불법 영업을 한다고 누군가 매일 신고를 한 탓에 단속 경찰이 출동하는 일이 잦아지자 가게는 일주일이나 문을 닫고 영업을 쉬었다.

사장은 출근조차 하지 않았다. 용희 삼촌 말로는 가게를 내놓았다고 했다. 페인트 색깔이 바랜 벽은 오늘따라 유난히도 초라해 보였다.

열두 시가 넘자 가게가 절간처럼 조용해졌다. 도우미들이 모두 빠져나가고 손님이라곤 일반 룸에 든 아베크족 한 팀뿐이다. 그 방에선 처음부터 노랫소리가 들리지 않았다.

가게는 오래전부터 불황이었다.

손님이 드문드문 이어졌기 때문에 고정으로 출근하던 도우미들이 간신히 버티다 얼마 전에 모두 떠났다. 처음 상주 도우미들이 있을 무렵만 해도 경기가 좋았다. 그들이 상대하지 않으려는 일대일 손님만이 9호실에서 혜영의 노래를 청하게 되었지만, 어떻게든 하루 일당은 채울 수가 있었다.

단체 손님이 들 때면 혜영이 그 속에 낀 적도 있었다. 어두침침한 조명은 이삼십 대 속에 낀 오십 대를 설핏 사십 대로 보이게도 했다. 그러나 대부분의 무리 속에는 딱 봐도 외모가 제일 처지고 나이가 많은 혜영을 파트너로 선택하여, 슬쩍슬쩍 몸을 주무르려는 이가 끼어 있곤 했다. 그들의 특징은 친절함이었다.

보도방을 통해 일하는 도우미들은 일부를 제외하고는 거의 프로급이었다. 얼굴, 춤, 노래, 모든 것이 완벽했다. 잘 풀렸더라면 스튜어디스가 제격이었을 법한 아가씨, 아나운서처럼 표정이 단정하고 지적인 아가씨도 있었다. 그중에는 나체쇼를 하는 아가씨도 섞여 있었다. 그들은 모두가 잘 다듬어지고 세련된 선수들이었다.

혜영은 그들로부터의 소외감을 테이블이 끝나면 곧 잊었다. 그녀의 노래를 듣기 위해 9호실로 찾아오는 단골들이 있었으니까.

9호실을 천국으로 여기던 손님들은 모두 어디로 떠났을까? 정말 저 윗사람들을 죽이러 위로 올라갈 궁리를 하다가 지레 죽기라도 한 걸까. 입버릇처럼 청와대를 불 지르겠다고 했던 주유소 사장도, 검찰 새끼들이나 국회의원 놈들이나 모두 그놈이 그놈이라고 다 때려죽여야 할 놈들이라고 큰소리를 쳤던 식육식당

사장도 모두 발길을 끊은 지 오래였다.

혜영은 천장을 바라보고 누워 경기가 한창이던 시절을 떠올렸다. 쌀쌀맞던 상주 도우미들이 그리워졌다.

오늘도 손님이 들기는 그른 날이다. 혜영은 일찍 퇴근할 생각으로 옷을 갈아입었다. 옷을 다 갈아입은 후에도 그녀는 선뜻 대기실을 나서지 못했다. 하나, 둘, 셋, 넷…… 백 셀 동안만 손님을 기다려 볼 생각이었다.

혜영은 천천히, 천천히 숫자를 세었다.

……아흔셋. 간절한 기다림이 통했을까? 문자가 한 통 들어왔다.

민수였다.

—누나, 보고 싶어요

—이 시간에 잠도 안 자고 웬일이야?

—누나 노래를 듣고 싶어요.

—이 시간에?

—난 자려면 멀었어요.

—그럼 딱 한 시간만.

—고마워요. 누나. 사랑해요.

민수는 말과 달리 혜영의 노래를 들으러 오는 손님이 아니었다. 늘 그랬듯 그는 자리에 앉자마자 자기 이야기를 늘어놓기 시작했다.

어릴 적 교통사고로 부모님을 한꺼번에 잃었다. 추석날 할아버지 할머니 성묘를 다녀오던 길이었다. 조상이 뭘 안다면 그런 일은 없어야 하지 않겠냐……. 누나가 하나 있었다. 부모님이 돌아가시고 하루아침에 고아가 된 남매는 작은집에 하나 고모 집에 하나 맡겨졌다……. 함께 살게 된 사촌보다 멀어진 누나는 어린 나이에 강원도 어디론가 시집을 갔다. 누나는 명절 때도 오지 않는다. 하나밖에 없는 동생을 까맣게 잊어버린 것 같다……. 목수 일을 하는 작은아버지를 따라 전국을 돌아다니다가 지붕 올리는 직업을 갖게 되었다. 먹고사는 데는 지장이 없을 정도의 돈을 번다……. 지붕 위에 올라가 있으면 잘 안 보이던 것들이 눈에 들어오는 게 그런대로 신이 난다…….

그런 이야기였다.

혜영은 밤새 이야기를 멈출 것 같지 않은 민수의

머리카락을 살살 쓰다듬어 주었다. 민수는 그 틈에 혜영의 가슴팍에 얼굴을 파묻었다.

"오늘 밤 누나랑 같이 있으면 안 돼요?"

그는 충혈된 눈으로 혜영을 올려다보았다.

혜영은 그의 머리통을 슬쩍 떼어 놓고 곧장 룸을 나와 대기실로 들어갔다. 뻐근한 다리를 한참 동안 주무르고서야 간신히 통증이 풀렸다. 이제 집으로 돌아가 잠을 자는 일만 남아 있었다.

클럽이 사라지고 나면 어디에서 무얼 하지!

5

"자니?"

집 안으로 들어서서 혜영은 작고 탁한 목소리를 냈다.

책상에 앉아 볼펜을 돌리고 있었을 호연은 얼른 침대 위로 올라가 누울 것이다. 반듯하게 누워 눈을 감고 옆으로 살짝 고개를 튼 채 팔다리를 자연스럽게 늘어뜨릴 것이다. 혜영이 일을 마치고 돌아왔을 때 호연이 잠자는 척을 해 온 건 꽤 오래전부터이다. 이제는 연기에 내공이 쌓여 누구라도 속게 되어 있다.

어느 순간부터 호연은 피로감을 온몸에 싣고 새벽 늦게 집으로 돌아오는 혜영의 퀭한 눈을 마주하지 않았다. 혜영이 현관을 나서 비장한 걸음걸이로 골목을 벗어난 이후, 그녀와 연관되는 어떤 생각도 하지 않았다는 얼굴을 보여 주는 것만이 최선이라고 여기는 것 같았다.

혜영은 욕실로 들어가 클렌징크림을 듬뿍 짰다. 두꺼운 화장을 지우는 데 2분, 클렌징크림의 끈끈한 유분이 가실 때까지 세수하는 데 3분, 양치질 3분, 샤워하는 데 20분.

혜영은 씻고 나와 물기 묻은 발소리를 내며 호연이 있는 방 쪽으로 향했다.

"자니?"

혜영은 호연의 허벅지를 베고 누워 호연의 다리를 쓰다듬었다.

호연이 살그머니 눈을 떴다.

"무슨 일 있었어?"

"아니."

"두 시도 안 됐잖아!"

"피곤해서 일찍 왔어."

"라면 끓여?"

호연이 침대에서 내려가 주방으로 나갔다.

"정말 뭔 일 있는 거 아니지?"

"그렇다니까."

혜영의 말끝이 탁하게 갈라진다.

호연은 도마를 꺼내 청양고추 두 개를 잘게 썰어 냄비 안에 넣는다. 달걀도 한 개 깨서 넣는다. 두 사람은 방바닥에 신문지를 깔고 올려놓은 냄비에서 꾸들꾸들한 면발을 각자의 그릇으로 덜어 담는다.

대화하는 도중에도 모녀의 눈빛은 줄곧 서로의 어깨 언저리쯤에 머문다.

"애자 이모는 언제 내려와?"

호연이 면발을 입에 문 채 물었다.

"곧 온대."

혜영이 대답했다.

달이 엄청 밝았다.

호연은 거실에 누워 지난여름에 타 죽은 버그 킬러 트랩 안의 날벌레 사체들을 물끄러미 쳐다보고 있었다. 미간을 살짝 찌푸린 얼굴이 생각으로 가득 차 있다.

언젠가 달이 환한 저녁, 호연이 불쑥 물었다. '내 아버지란 사람은 정말 내가 있는 사실조차 모른다고? 어떻게 그럴 수가 있지?' 하며, 뚝 떨어질 듯 가까이 떠 있는 달을 멍때린 얼굴로 하염없이 쳐다보았다. 호연이 드러낸 출생의 불만은 딱 거기까지였다.

혜영은 생각에 잠긴 호연의 얼굴이 늘 두려웠다. 보아도, 보아도 적응이 되지 않는 것 중 하나였다.

혜영이 서른아홉 살 때 구구절절 사랑을 고백했던 사람은 알고 보니 도박으로 가진 걸 모두 탕진한 가난한 집 가장이었다. 그 사람은 호연이 태어나기 전 모든 일이 드러나자 목을 매달아 죽었다.

"무슨 생각을 그렇게 해?"

혜영은 호연을 빤히 보며 물었다.

"자려고."

호연이 귀찮다는 듯 돌아누웠다.

"조백한테 돈 좀 보내 줘. 눈이 침침해서 그래."

호연이 발딱 일어나 앉았다.

"또 얼마를 빌려 달래?"

"십."

"없다고 해."

"까불지 말고 얼른 보내 줘."

"없다고 하라니까."

"있는 줄 아는데 어떻게 없다고 해?"

혜영의 단호한 말투에 호연이 입을 딱 다물었다.

―친구야, 십 원 들어왔어, 친구가 착각을 했나 봐. 확인 부탁해, 친구야.

조백에게서 곧장 문자가 날아왔다.

"친구는 개뿔."

어느새 등 뒤로 다가온 호연이 조백이 보낸 문자에 대고 주먹질을 하며 골을 부렸다.

"넌 애가 왜 그렇게 못돼먹었냐. 십 원을 보내면 어떡해?"

혜영이 눈을 흘기며 호연을 다그쳤다.

호연은 그제야 진지하게 전화기를 붙들었다.

"택시 운전사는 돈도 좀 벌지 않아?"

혜영 옆에 배를 깔고 누운 호연이 발가락으로 혜영의 발을 꼼질꼼질 건드렸다.

"그러겠지!"

혜영은 텔레비전에 눈을 둔 채 건성으로 대꾸했다.

"돈을 어따 쓴대?"

"사정이 있겠지."

"집도 없고, 부인도 없고, 학비 달라는 자식도 없고, 거기다 염치까지 없는 거네. 도대체 그 인간에게 있는 건 뭐야……."

호연은 조백에게 쌓인 불만을 토해 내듯 그를 마구 헐뜯기 시작했다. 마음껏 짖으라는 듯 입을 꽉 다문 채 텔레비전만 바라보는 혜영의 태도에 더 열이 받은 것 같았다.

"조백, 이름이 아깝네. 어디 화폐 같은 데 찍힐 만한 인물 이름 같잖아? 혹시 그 인간한테 무슨 약점이라도 잡혔어?"

호연이 째진 목소리를 낸 순간 정수리가 따끔했다. 혜영의 머리카락을 들추고 새치를 찾던 호연이 검은 머리카락을 세 개쯤 잡아챈 게 분명했다.

"안 아파?"

호연이 물었다.

"아파."

호연은 혜영의 머릿속을 손가락으로 살살 문질러 주며 혜영을 빤히 쳐다보았다.

"그러고 보니 그 인간 정말 아무것도 없네."

호연의 말을 듣고 있자니 혜영은 덩달아 마음이 울적해졌다. 뭔가 정확하진 않지만 후회, 반성, 걱정, 어쩌면 슬픔, 복잡한 감정들이 마구 솟구쳤다. 밖에는 바

정선이와 혜영이   161

람이 불고 있었다. 혜영은 담배를 한 개비 빼 들고 옥
상으로 올라갔다.

　골목 어귀 동백나무가 형광빛 도는 보라색으로 보
이는 밤이었다. 달빛과 가로등 불빛과 차가운 공기 때
문인 것 같았다. 담배를 세 모금 빨자 코가 맹맹해졌
다.

"아직도 잘 안 돼?"

어느새 호연이 뒤에 서 있었다.

"엉."

"그럼 하지 마, 피부에도 안 좋잖아."

"넌 안 피우지?"

"안 해."

"진짜지?"

"내가 언제 거짓말해?"

모녀는 캄캄한 지붕들 위로 펼쳐진 하늘을 몽땅 품
에 안듯 팔을 크게 벌린 자세로 찬 바람을 맞으며 한없
이 서 있었다.

불금인 다음 날, 혜영은 잘 피우지도 못하는 담배
만 벌써 몇 개비째 축내고 있었다. 대기실 천장에 매달

린 조명등 밑이 뿌옜다. 설마 했는데 어제, 그제에 이어 오늘까지 공을 치게 생겼다. 여기서 받는 월급이라야 한 달 택시비로 쓰고 나면 남는 게 없었다.

"뭘 담배를 그렇게 펴."

며칠 만에 가게에 나타난 사장이 대기실로 들어서며 인상을 구겼다.

"답답해서 그러지."

"그러게 좀 잘했어야지."

사장은 주머니에 손을 넣고 등을 돌린 채 투덜거렸다.

"내가 뭘 잘못했는데?"

혜영은 큰 소리를 내고 말았다. 때맞추어 밖에서 정 소장의 목소리가 들려왔다. 사장이 얼른 카운터로 나가지 않았더라면 그의 입에서 무슨 말이 나왔을까? 불길한 조바심이 났다. 살아오면서 좋지 않은 예감은 늘 적중했다.

"오늘은 도우미 불러 달래."

한참 후에 대기실로 들어온 사장의 입에서 튀어나온 말이었다. 마치 자신과 하등의 연관 없는 상황을 말하듯이 그가 말했다.

"정 소장은 내 손님이잖아."

혜영이 얼버무렸다.

"그러니까 적당히 좀 하지."

"뭘?"

"정말 모르겠어?"

"뭐냐고?"

"여자가 좀 튕기는 맛이 있어야지."

사장의 말에 혜영은 입을 다물고 말았다.

온몸에서 힘이 빠지며 머릿속이 얼얼해지는 게 마치 세게 달려오는 트럭에 꽝 부딪힌 느낌이었다. 이런 걸 두고 절망감이라고 하는 건가.

혜영은 사장의 속마음이 따뜻하다고 믿었다. 그래서 경기가 현저하게 나빠졌을 때도 처음 계약했던 월급의 반만 받겠다고 그녀 스스로 말했다.

그녀는 전속 가수로 이곳에 왔지만 도우미보다 못한 취급을 받는 사실을 모르지 않았다. 그러나 어떤 상황에도 불만을 갖지 않았다. 아니 불만을 가질 수도 없었다. 이 모든 상황을 꾸역꾸역 견디고 있는 건 사장을 위한 게 아니었다. 비굴하지 않고선 길이 보이지 않는 암담한 자신의 현실 때문이었다.

"이제 어떡하지! 노래, 노래가 나를 여기까지 끌고 왔어."

갑자기 화가 치밀었다. 분노는 안개 속처럼 앞날이 캄캄한 그녀 자신을 향한 것이었다.

룸에 들었던 어린 아가씨가 대기실로 들어왔다.

"못해 먹겠어."

"왜?"

사장이 물었다.

"완전 진상이에요."

"살살 달래 봐."

"막무가내예요. 난 죽었다 깨어도 그 짓은 못 해요."

볼에 솜털이 복슬복슬한 어린 아가씨가 화를 내며 울상을 지었다.

사장은 혜영을 빤히 쳐다봤다.

"들어가 봐?"

사장이 고개를 끄덕였다.

혜영은 룸 쪽으로 걸어가며 중얼거렸다.

"어쩌겠어!"

취한 남자는 테이블에 엎드려 있었다. 혜영은 발

소리를 죽이고 살금살금 다가가 남자의 머리통을 내려다보았다. 남자는 그새 깊은 잠에 빠진 듯했다. 그의 커다란 머리통을 마주하고 앉은 그녀는 남자가 잠에서 깨어나지 않기만을 간절히 바랐다.

"커피 한 잔 타 줘?"

룸에서 나왔을 때, 용희 삼촌이 문틈으로 얼굴만 내밀고 물었다.

여기서 벌어지는 안 좋은 일이 모두 자기 탓인 양 미안해서 어쩔 줄 모르는 그를 보자, 혜영은 겨우 참고 있던 감정이 한꺼번에 복받쳤다.

"더 마시면 잠을 못 자."

혜영은 얼굴 근육을 있는 대로 늘리며 눈을 크게 떠 보았지만 소용없었다. 웃음이 웃어지지 않았다. 눈물이 선수를 쳐 버렸다.

혜영이 울먹이자, 용희 삼촌은 슬그머니 주방 쪽으로 걸어갔다. 그는 그런 점이 좋았다. 함부로 누구를 위로하지 않는 거. 어린 보도의 영혼 없는 노랫소리가 마치 혜영과는 전혀 무관한 딴 세상의 것처럼 아득하게 들려왔다.

혜영은 사장이 카운터를 비운 사이 슬그머니 가게

를 빠져나와 조백에게 전화를 걸었다.

"웬일이냐 이 시간에?"

아마도 이 세상에서 그처럼 전화를 빨리 받는 사람
은 없을 것이다.

"뭐 해?"

"라면 끓여."

"클럽 신고 좀 해 줘. 지금 당장. 여기 미성년자 들
어온다고."

혜영은 자기도 모르게 소리쳤다.

"뭐?"

"신고 좀 하라고."

"미쳤구나?"

"그래, 미쳤어."

"성질 좀 죽이고 살아라. 지금 돌 거 같은 사람은 바
로 나야."

"뭔 일 있어?"

"엄마 때문에."

"지금 당장 신고해라."

조백은 쓸데없는 소리 말라며 전화를 끊었다.

다음 날 조백이 전화를 걸어 왔다.

"어젠 도대체 뭔 일이 있었던 거냐?"

조백이 물었다.

"신고했어?"

"뭔 신고를 해? 엄마가 안 좋아."

"어디가 안 좋으신데?"

"나도 자세히 몰라."

"정말 신고 안 했지?"

"내가 그렇게 나쁜 놈으로 보이냐?"

조백은 풀이 죽어 있었다.

"나한테도 정말 잘해 주셨는데. 아주머니 말이야."

혜영이 병원에 들러 보겠다고 하자, 그는 병원 앞에서 만나 함께 병실로 올라가자며 전화를 끊었다. 병원 로비로 들어서자, 벽걸이 텔레비전 밑에 앉아 있는 조백이 보였다.

엘리베이터에서 내려 그들은 긴 복도를 걸어갔다. 중간쯤에 있는 병실에서 다리에 깁스를 처맨 환자가 목발을 짚고 나왔다. 환자는 까치집 같은 뒤통수를 하고 그들 앞을 천천히 걸어갔다. 두 사람은 인내심을 가지고 환자의 뒤를 따라 걸었다. 다리가 부러진 사람에게는 잘 걸을 수 있다는 게 충분히 미안한 일이니까.

조백도 그걸 알고 있는 눈치였다.

"여기네, 606호실."

병실 앞에 붙여 둔 환자 명단을 살피던 조백이 자기 어머니 이름을 손가락으로 짚으며 "박금옥" 하고 말했다.

"박금옥."

혜영도 박금옥,을 소리 내서 읽었다.

"이름이 예쁘시네."

병실로 들어섰다.

"안녕하세요?"

그녀에게 그렇게 인사를 하고 보니 아주머니의 얼굴이 너무 창백했다.

"혜영이 왔냐?"

아주머니가 눈을 떴다. 아주머니는 예전에 굳어진 호칭일 뿐 그녀는 이제 팔십 중반의 노인이 되었다.

"잘 지냈지?"

아주머니가 물었다.

"예."

"딸 많이 컸지?"

"예. 내년이면 대학에 들어가요."

아주머니가 조백에게 시선을 돌려 그를 바라보는 것으로 혜영의 인사는 끝났다. 혜영은 자신에 대해 많은 것을 알고 있는 사람을 만나는 게 늘 불편했다.

"어머니는 어떠셔?"

아주머니가 다시 혜영을 바라보며 물었다.

"예, 잘 지내세요."

혜영은 그렇게 대충 얼버무렸다.

"어디가 안 좋은 거래?"

조백이 아주머니와의 어색한 대화를 끊어 주었다.

"결과가 나와 봐야지."

"통증은?"

"딱히 어디가 아픈 줄을 모르겠어."

아주머니는 말똥말똥 눈을 뜨고 천장을 올려다보았다. 깊은 생각에 잠겨 있는 얼굴이었다. 조백은 병실 안에 있는 물병, 크리넥스, 수액 봉지 같은 것과 다른 환자들과 그들의 보호자들을 죽 둘러보고 앉아 있었다.

"가 볼게요."

보호자용 의자에 엉덩이를 반만 붙이고 있던 그가

자리에서 일어났다.

"느이들 지금도 자주 만나고 그러냐?"

아주머니가 물었다.

느이들,이라고 했지만 그녀의 눈은 혜영을 향해 있었다. 다른 사람들이 보기엔 예사로울, 기력 없는 환자의 눈빛이었다. 그러나 그 낮은 음성과 고요한 눈빛엔 혜영에 대한 저주 같은 게 숨어 있었다.

아주머니는 수년 동안 혜영의 어머니를 가까이서 지켜보았던 사람이다. 그녀는 지금, 행실이 좋지 않았던 혜영의 어머니를 생각하고 있을 것이다. 선술집을 하면서 매일 술에 취해 툭하면 위아래 사람을 가리지 않고 아무하고나 머리채를 붙들고 몸싸움을 벌이던 고래 같은 여자의 딸이, 시집도 가기 전 애부터 덜컥 낳은 부도덕한 여자가 행여 당신 아들의 짝으로 발전할 가능성을 속으로 걱정하는 게 분명했다. 육십을 바라보는 아들이지만 조백은 아직 결혼한 적 없는 사람이니까.

혜영은 병실을 나오는 순간까지 그녀의 노파심 가득한 눈빛을 견뎌야 했다.

"인간아."

"왜?"

조백은 혜영을 빤히 바라보았다. 혜영이 한동안 입을 꾹 다물고 있자, 그는 씩 웃으며 도착한 엘리베이터 안으로 들어갔다.

"우리 정식으로 사귈까?"

혜영이 대뜸 말했다.

엘리베이터 안에는 그들 둘뿐이었는데, 그들은 둘 다 누군가를 의식하듯 동시에 침묵을 지켰다. 조백은 끝내 아무 말도 하지 않았다. 갑자기 튀어나온 말이 마음속 저 아래서 비롯되었다고 생각하자, 혜영은 스스로 당황스러워졌다.

두 사람은 약속이라도 한 듯 더디게 한 층씩 줄어드는 빨간 숫자를 묵묵히 올려다보았다.

무성한 장미 넝쿨처럼 엉킨 혜영의 지난 생은, 마치 지독한 저주처럼 그녀의 폐부를 찌르며 죽을 때까지 함께 살게 될 영원한 것들이었다.

조백과 헤어져 돌아오는 길에 어머니한테 전화를 걸어 보았다.

"엄마."

"엉."

"식사하셨어?"

"먹었지. 뭔 일 있어?"

"그냥 걸어 봤어. 엄마?"

"왜 그래?"

"식사 거르지 말고 잘 드셔."

"뭔 일 있는 거 맞네?"

"그냥 걸었다니까. 오빠는?"

"지금 집에 없어."

"빚쟁이들은 그 뒤론 안 오지?"

"안 와."

"식사 잘하셔."

"호연이는?"

"잘 지내, 걔는 원래 씩씩하잖아."

"밥은 먹고 댕겨?"

"그럼. 지금 밥 먹고 들어오는 길이야. 오늘은 쉬는 날이거든."

집으로 돌아왔을 때 호연은 컵 속에 입술을 담그고 젖을 먹듯이 우유를 쫄쫄 빨아 먹고 있었다.

"안 비려?"

혜영이 물었다.

"맛있어서 먹나 뭐, 필요해서 먹는 거지."

"필요해서?"

"응, 필요해서, 칼슘이 필요해서."

호연은 야금야금 빨아 먹던 우유를 쭉 들이켰다.

"근데 엄마는 왜 우유를 못 먹어?"

"그냥 비려서."

호연은 뭐든 깊이 따져 묻지 않는다.

"그래서 엄마 키가 안 컸나 봐. 우유 같은 걸 안 먹어서."

하고는 짧은 혜영의 다리를 안쓰럽다는 듯이 매만졌다.

호연은 긴 다리를 모아 이마 쪽으로 바짝 치켜올렸다. 그 자세로 버티느라 허연 이마에 퍼런 핏줄이 돋았다.

"벽에 입을 쫙 벌린 호랑이 그림이 걸려 있던 이층집이 기억나는데, 거기가 어디였지 엄마?"

호연은 네 살 때, 일곱 살 때, 초등학교 때의 이야기들을 순서 없이 생각나는 대로 늘어놓았다.

"네 살 때 일이 정말 기억나?"

"도저히 잊어버릴 수 없는 일들은 기억이 나나 봐."

그 말에 혜영은 옛날 생각에 잠기게 되었는데, 호연이 작게 코를 골았다.

혜영은 몸을 구부리고 누운 호연을 반듯하게 돌려 눕혔다.

밥을 한 공기 반이나 먹고 나서 허리띠처럼 긴 문어발을 한 개 다 먹고, 우유까지 한 잔 마셨는데도 호연의 배는 납작했다. 갈비뼈 아랫부분이 웅덩이처럼 패어 있다. 등도 얇실하고 다리도 길쭉했다. 분명 자신과는 닮지 않았다. 코끝이 찡해졌다. 그러나 안도감은 잠시였고, 순식간에 머릿속이 복잡해져 수많은 생각이 꼬였다. 어느새 자기보다 키가 훌쩍 커 버린, 명랑하고, 뭐든 따지지 않는 성격 좋은 딸의 존재가 두려워졌다. 혜영은 호연의 허벅지를 쓰다듬어 보았다. 허벅지 윗부분에 오톨도톨한 닭살 피부가 영락없이 그녀를 닮았다. 아무리 거부해도 엄지발가락 또한 그녀의 것처럼 짧았다.

오후 늦게 호연을 앞세우고 근교에 있는 오일장에 갔다. 농기구 상회, 어물전, 이불집을 돌아 나와 국밥집에서 장터 국밥을 한 그릇씩 먹었다.

장터 골목을 빠져나오자, 버스 정류장 인도에서 낯이 익은 남자가 두부를 팔고 있었다.

남자는 칼바람에 콧볼이 빨개진 채 두부들 들여가라고 큰 소리로 외쳤다. 째지는 음성이 무척이나 간절했다. 두부를 사지 않을 거면서 그 앞을 지나가는 게 미안할 정도였다.

"저녁에 두부조림이나 해 먹을까?"

호연의 말에 남자를 외면하며 빠른 걸음으로 걷던 혜영이 멈칫거렸다.

호연은 혜영을 빤히 쳐다보고 서 있더니 남자에게로 달려가 두부 한 모를 사 왔다.

남자는 언젠가 9호실 손님으로 들었던 사람이 분명했다. 그때도 그는 챙이 너울너울한 색 바랜 빨간 모자를 쓰고 왔었다.

"아는 사람이야?"

호연이 뒤를 돌아보며 물었다.

"내가 저 사람을 어떻게 알아?"

혜영은 걸음을 빨리했다.

"저 아저씬 왜 여자 모자를 썼을까? 그것도 여름 모자를."

호연이 계속 남자를 돌아다보았다.

"모자가 여자 거 남자 거 따로 있나 뭐."

혜영은 남자를 돌아보고 서 있는 호연의 손을 이끌었다.

매서운 바람이 나란히 걷는 모녀의 머리카락을 마구 흩트려 놓았다.

6

옆집 대문 앞에 이삿짐 트럭이 도착하는 것이 내
다보였다. 혜영의 집과 마주 본 이 층에 누군가 이사를
오는 모양이었다.

혜영은 침대에 배를 딱 깔고 누워 있었다. 빈 통장
을 펼쳐 든 채 눈알을 굴리며 높이 치솟은 아파트 단지
쪽을 한없이 바라보았다. 졸다가 퍼뜩 정신을 차려 앞
으로도 죽 이런 식이면 어떡하지…… 고민했다.

차 소리였다.

집 앞에 차가 한 대 서더니 쾅, 문 닫는 소리가 들렸
다. 누구든 귀찮을 것 같았다. 몸을 움직이고 싶은 생
각이 전혀 없었다. 몸에 있는 모든 의욕이 빠져나간 상
태였다. 누군가 그녀를 찾는 사실이 반갑지 않은 건 지
금 그녀에게 어떤 희망도 존재하지 않기 때문일 것이

다.

계단을 올라오더니 누군가 안으로 들어섰다. 아니나 다를까 조백이었다.

"어딨냐?"

조백은 현관으로 들어서서 고개를 쑥 들이밀고 안을 두리번거렸다. 밖에서 들어오면 어둑한 안쪽이 잘 안 보이는 데다, 혜영은 담요 속에 푹 파묻혀 간신히 머리통만 내놓고 엎드려 있었으니까.

조백은 냉장고에서 뭘 하나 꺼내서 까먹었다. 사다 놓은 지 오래된 '설레임'이었다. 유통 기한이 한참 지났을 텐데. 계속 꽁꽁 얼어 있는 것들도 반드시 유통 기한이 있었다.

"뭐 하냐?"

혜영이 부스럭거리고 일어나자 조백이 방 쪽으로 고개를 들이밀고 혜영을 쳐다보았다.

"돈 내고 먹어."

혜영이 그의 앞에 손바닥을 내밀었다.

"이거 오래전에 내가 사다 놓은 거 같은데?"

조백은 주머니에서 오백 원짜리 동전 하나를 꺼내 혜영의 손바닥에 올려놓고 싱겁게 웃었다. 저렇게 한

결같이 속에 아무것도 든 게 없는 사람처럼 가벼워 보이기도 어렵겠다!

둘은 거실에 마주 보고 앉았다.

조백은 벌써 홀쭉해진 빈 봉지를 쭉쭉 빨아 먹었다.

"뭔 날씨가 이러냐?"

혜영은 팔짱을 끼며 몸을 움츠렸다.

"눈이 오려나 봐."

조백의 어깨도 바짝 움츠러져 있었다.

"추워. 여긴 외풍이 심해 난방비도 장난 아닐 텐데."

"나 이번엔 좀 벌 거 같애."

얼마 전 택시 회사를 옮긴 조백은 빨아 먹던 빈 봉지를 구기며 말했다.

"돈 좀 될 거 같애?"

"엉."

"허긴, 언제는 안 될 거 같다 했나 뭐."

혜영이 힘없이 대꾸했다.

"어쩌다 우린 이렇게 됐을까?

조백이 한숨을 내쉬었다. 어릴 적부터 한 골목에서

같이 자라서 그런 걸까? 육십을 바라보는 두 사람은 서른 즈음부터 늘 비슷한 말들을 주고받아 왔다.

"그러게, 어쩌면 우린 태어날 때부터 이랬는지도 몰라."

혜영은 그와 스스럼없이 손을 잡아 본 기억을 더듬었다. 그게 언제인지 가물가물했다. 다른 남자들과 부딪치는 게 자연스러워질수록 정작 그와 피부가 스치는 건 두려웠다.

"나 군대 간다. 전역할 때까진 무슨 수로든 진짜 남자친구 만들어 봐라."

군 입대를 앞두고 혜영을 찾아왔던 조백은 짧게 깎은 머리를 쓱쓱 문지르며 싱겁게 웃었다. 원래 잘 웃는 애였기 때문에 그 말이 농담일 리 없다고 생각했지만, 농담처럼 들렸다. 그때까지 혜영은 그가 군대에 갈 날을 생각해 본 적이 없었다. 물론 그가 잠시나마 떠난다는 게 그렇게 묘한 기분을 안기리라는 것도.

대학에 들어가면서 조백은 학교 근처에 방을 얻어 자취를 했다. 어머니가 사는 집을 코앞에 두고도 나와서 혼자 살았다. 혜영은 정선과 함께 그날 처음으로 그의 자취방에 가 보았다. 조백은 들어서는 두 사람을 보고 다짜고짜 지실이 아직도 연락이 없냐고 물었다. 그러고는 밖으로 나가 막걸리와 맥주, 소주를 잔뜩 사 가지고 돌아왔다. 방에는 이미 술에 전 애들 두 명이 빈 막걸리 병처럼 쉰내를 풍기며 찌그러져 있었다. 그 애들을 보자, 그가 군대로 떠나야 한다는 게 실감 났다. 자다 일어나 묵념하는 자세를 일관하고 앉아 있던 애들은 차례대로 화장실에 다녀와서 냉수를 두 컵씩 들이켰다. 조백은 엄지와 검지로 막걸리 병 중간쯤을 꽉 누르고 거꾸로 엎었다 바로 세우기를 반복했다. 그건 뚜껑을 땄을 때 발효주가 폭발하지 않게 하는 방법이었고, 그 방법은 술이라면 막걸리만 고집했던 혜영이 가르쳐 준 것이었다.

"그건 뭐냐? 소맥으로 계속 달리자."

눈두덩이 벌에 쏘인 것처럼 부은 애가 고추장과 마요네즈가 뒤섞여 응고된 종지랑 눅눅해진 땅콩, 뜯어져 있는 새우깡 봉지, 오징어 다리가 널브러진, 지저분한 술상을 방 가운데로 쓱 끌어당기며 말했다. 다른 애가 끈적거리는 술잔을 탈탈 털어 제 앞에 나란히 놓고 소맥을 말기 시작했다. 조백은 밥공기를 하나 꺼내 왔다. 막걸리는 밥공기에 마셔야 제맛이라는 것도 혜영이 어머니에게 배운 걸 가르쳐 준 것이었다.

"우리도 똑같이 마실래."

"너흰 안 돼. 이건 잘못 마시면 사람이 확 돌아."

조백이 말렸지만 혜영과 정선은 그날 소맥을 고집했다. 결국 조백이 밥공기에 소맥을 마시게 됐다. 그 방에는 컵이 총 네 개뿐이었다. 그것도 맥주잔이 아닌 머그잔 같은 것으로.

소맥이라는 걸 서너 잔 마신 후에야 방 꼴이 눈에 들어왔다. 벽지와 똑같은 종이로 발린 다락문이 보였다. 새끼 난 개집에나 깔아 줘야 적합할 짓뭉개진 요 하나, 그거랑 상태가 똑같은 이불 하나, 더러운 베개 하나, 비닐 옷장 하나, 그리고 창 쪽에 놓인 책상 옆으로는 기타가 있었다. 책은 방 귀퉁이에 팽개쳐 둔 것까지 합쳐도 모두 열 권 안팎이었다.

그래서였을까. 다락문을 열면 무슨 망치나 펜치, 장도리, 녹슨 쇠못 같은 것들이 잔뜩 쏟아져 나올 것 같았다.

그 무렵 하면 혜영의 가슴속에 어김없이 떠오르는 애가 있다. 지실, 윤지실.

지실의 꾹 다문 입술은 그 애랑 가끔 어울렸던 시간이 채 한 학기도 안 되는 짧은 기간이었다는 사실이 의심스러울 만큼 혜영의 기억 속에서 언제나 선명하다. 너무 울어 목이 쉰 듯했던 그 목소리가 이렇듯 또렷하게 남아 있는 건 지실이 지나치게 말이 없는 아이였기 때문이었는지도 모른다.

혜영은 지실과 어울린 후 지실의 자취방에 딱 한 번 놀러 간 적이 있었다. 그 방은 혜영이 그동안 가지고 있던 방의 개념을 확 바꿔 놓았다. 발코니로 통하는 유리창에 깻잎 머리 형태로 묶어 둔 연보라색 커튼 때문이었을까? 방은 마치 동화 속 같았다. 그 방을 보고 돌아오자 들쭉날쭉 짜임새 없이 놓인 까이고, 파이고, 심지어는 다리가 부러지기까지 한 집의 세간들이 더 꼴 보기 싫었다. 자취가 꿈이 돼 버렸던 그 무렵, 조백이 살던 방은 자취방에 대한 환상을 산산조각 내기에 충분했다. 다락문에서 눈을 떼지 못하고 있던 혜영의 의중을 읽었는지 조백이 말했다.

"이 방은 세를 놓을 목적으로 지은 건물이 아니래. 할머니 할아버지, 두 분이 살기 적적해서 세를 놓은 거야. 세 들 때 조건이 하나 있었는데, 그게 뭔 줄 아냐?

사람 사는 집처럼 시끌벅적하게 떠들어 달라는 거였어. 웃기지? 대신 한 달에 수도요금, 전기요금 모두 합해서 오천 원에 살아."

조백의 설명을 듣는 동안 혜영은 방을 찬찬히 둘러보았다. 멋모르는 애들이 그 방을 봤다면 아마도 조백을 이상한 애로 봤을 것이다. 혜영이야 뭐 자기가 살고 있는 방보다 더 험한 방이 이 지구상에 아직 존재한다는 사실이 오히려 반가웠지만.

술상 앞에 둘러앉은 쉰내 나는 애들이 갑자기 친근하게 느껴졌다. 통성명도 안 했는데 그들은 서로의 이름을 알게 되었다. 술을 입안에 털어 넣고 나면 곧바로 묵념 자세로 돌아갔던 애는 상훈이, 질긴 오징어 다리를 기술적으로 단번에 뚝 끊어 먹던 애는 웅기.

조백의 말에 의하면, 그날 술을 마시다가 혜영이 갑자기 자리에서 일어났다. 그러더니 묵념 자세로 앉아 있는 상훈을 씨름 선수처럼 방바닥에 거뜬히 때려눕혔다. 상훈이가 기를 쓰고 일어나려 들자 대갈통을 세게 갈겨 방바닥에 붙여 놓았다. 다음으로 웅기를 방바닥에 눕혔다. 그리고 조백과 정선을 향해 소리쳤다.

"야, 니들도 빨리 누워."

조백이 눕자 혜영과 정선이 그의 양옆에 누웠다. 그때 마침 주인 할머니가 떡을 쪄서 가져왔다. 그녀는 다 큰 여자애들이 아무 데서나 잠을 자서는 안 된다며, 떡 접시를 내려놓고 언짢은 얼굴로 방문을 닫았다. 그러거나 말거나 혜영은 큰소리로 〈고니〉를 불렀다. 혜영은 노래를 부르면서 '등대집'을 떠올렸다. 혜영의 노래가 끝나자 정선이 시를 읊듯 〈과수원길〉을 불렀다. 다른 애들도 알아서 차례대로 노래를 한 곡씩 불렀다. 눈꺼풀이 감길 즈음 주인 할머니의 언짢은 얼굴이 떠올랐지만 혜영은 곧 잠이 들었다. 이튿날 눈을 떴는데, 조백의 양 겨드랑이에 정선과 혜영의 얼굴이 박혀 있었다. 상현이가 머리 위에 앉아 있다가 야, 과수원길, 괜찮냐? 하고 묻는 순간 정선의 별명은 '과수원길'이 되었다. 혜영은 그날 '이은하'가 되었다. 숙취로 인한 고통 때문에 그들은 모두 응급실에 모인 환자들처럼 허리를 구부린 채 번갈아 가며 화장실에 다녔다.

그때까지만 해도 조백이 군 생활을 마치고 돌아왔을 때는 좀 더 나은 인간이 되어 있을 거라는 생각에 한 치의 의심도 없었다. 그가 전역 후 학교로 돌아가지 못한 채 트럭에 온갖 것들을 싣고 다니며 야채 장사를

하게 될 거라고는 상상해 보지 못했다.

"지실이 생각나? 걔는 어디서 뭐 하고 살고 있을까? 살아 있기는 할까?"

조백이 뿌연 하늘을 올려다보며 말했다.

그 순간 혜영도 지실을 떠올리고 있었는데. 같은 순간 한 사람을 생각하고 있었다는 사실이 신기했지만 이상한 일만은 아니라고 생각했다.

"어디선가 살고 있겠지."

"늘 말이 없고 우울해 보이고 아무튼 안개처럼 신기한 애였어."

조백도 옛날이 그리운 모양이었다.

지실이 부모님에 관한 이야기를 한 번도 하지 않아서였던가. 정선도 조백도 다들 지실에겐 부모가 없을 거라고 추측했다.

동네에서 이정선, 조백, 박혜영 하면 모르는 사람이 없을 정도로 많은 시간을 함께했는데 고등학교 삼학년이 된 신학기 때 그들 속으로 지실이 잠깐 들어왔다 사라진 셈이었다.

지실이 등대집에서 손님을 따라 나가 홀연히 사라

졌을 때 난리가 났었다. 대구 아저씨는 잡히기만 하면 가만두지 않을 거라고 조용한 목소리로 겁을 주었다. 마담은 지구 끝까지 뒤져서라도 그년을 잡아 오라고 대구 아저씨에게 소리를 질렀다.

"가가 사는 집이 어디고?"

대구 아저씨가 정선과 혜영을 나란히 앉혀 놓고 물었다.

"공원에서 만난 애라 어디 사는지 몰라요."

혜영이 얼른 말했다. 그건 정선에게 보낸 사인이기도 했다.

"니들 고등학생인 거 모르는 줄 아나? 어느 학곤지 퍼떡 말해라."

대구 아저씨가 주먹으로 방바닥을 픽, 내리쳤다.

"우리 학교 때려친 지 오래됐어요. 개랑은 만난 지 얼마 안 돼서 정말 어디 사는지도 몰라요."

이번엔 정선이 받아쳤다. 둘은 자전거를 타고 달리던 어린 날부터 맞추던 호흡을 그때 제대로 맞췄다. 어느 순간 누군가 서서히 브레이크를 잡는다는 것도, 그러다가 또 어느 한쪽이 다시 페달을 힘껏 굴린다는 것도 감으로 금방 알아챌 수 있었다.

그 느낌이 그때 오롯이 통한 거였다. 그 순간 자전거 체인이 풀릴 때마다 잽싸게 바로잡아 주었던 조백을 떠올리며 쾅쾅거리는 심장을 진정시킨 것도 둘의 공통점이었다. 금방이라도 조백이 달려와 줄 것만 같았다.

"니들은 집이 어딘데?"

"광복천요. 야네 엄마랑 울 엄마는 거기서 국밥집 하구요. 지실이는 우리랑 달라요. 그런 후진 동네에 산 적이 없어요. 그래서 우린 걔를 잘 몰라요. 모르는 애라니까요. 공원에서 몇 번 마주친 애라고 했잖아요."

죄인처럼 고개를 숙이고 있던 혜영이 울먹이며 대구 아저씨를 올려다보았다.

"참말이가?"

"못 믿겠으면 광복천 국밥집 모여 있는 데로 가서 확인해 보시면 될 거 아니에요."

정선이 거들었다.

"우릴 따라온 애니까 걔 옷값이랑 화장품값은 우리가 책임질게요."

둘은 지실의 자취방을 끝까지 숨겨 주었다. 대구 아저씨가 무서운 사람이란 걸 알았기 때문이었다.

혜영은 대구 아저씨의 닦달 앞에서도 손님을 따라 나간 후 돌아오지 않고 있던 지실이 무사히 동화 속 같은 자취방으로 돌아갔기만을 바랐다. 대구 아저씨의 실체를 모르고 등대집을 떠난 지실이 다시 불쑥 돌아오기라도 할까 봐 매일 마음을 졸였다. 그들이 등대집에 가게 된 건 순전 자기 때문이었으니까.

지실이 떠난 뒤 혜영과 정선은 하루하루 손님을 따라 여관에 다녀온 횟수를 수첩에 적으며 돈을 계산했다. 더 이상 마담을 따라 옷을 사러 가지 않았고, 마담의 닦달에도 미용실에 가지 않았다. 지실의 화장품값이 마저 끝나던 날 새벽, 혜영은 정선과 이불 속에 나란히 누워 마담에게 쪽지를 써 놓고 대구 아저씨의 엄한 감시를 피해 그곳을 빠져나올 묘책을 궁리했다. 그리고 바짝 붙어 있는 진양 언니의 방에 불이 꺼지기를 기다렸다.

영준이도 깊은 잠에 빠진 것 같았다. 네 시쯤 진양 언니가 화장실에 가는 소리가 들렸다. 그녀가 화장실을 다녀간 후 방에 불이 꺼졌다. 온 세상이 고요해졌다. 뒤편 담장에서 길고양이의 기척이 잠깐 들려왔다.

혜영은 정선과 손을 꼭 잡고 살금살금 방을 나와

새시 미닫이문 쪽으로 걸어갔다. 둘은 동시에 마담의 방문 앞에 가지런히 놓여 있는 대구 아저씨의 검은색 구두와 쇠몽둥이를 바라보았다. 몽둥이는 대구 아저씨가 갖다 놓은 거라고 했다.

뒤통수에 박힐 듯한 총성에 쫓겨 처음 그 집으로 들어갔던 날, 듣기 좋은 대구 사투리로 그들을 꼬여 등대집에 붙들어 두었던 대구 아저씨는 지은 죄가 많아 그런지 집 안 여기저기에다 보초병처럼 쇠몽둥이들을 세워 두었다. 듣는 얘기로는 수많은 여자들이 그곳을 몰래 빠져나가려다 그 몽둥이에 맞아 다리를 절며 섬으로 팔려갔다고 했다.

정선과 혜영은 몸을 최대한 움츠리고 한 발짝 한 발짝 걸음을 옮겨 놓았다. 그때 난데없이 영준이네 방문이 열리는 거였다. 영준 엄마의 손에는 영준이의 오줌통이 들려 있었다. 통로 벽에 켜 놓은 오 촉짜리 전등 밑에서 세 사람은 서로의 얼굴을 말없이 바라보았다. 혜영과 정선은 얼음처럼 몸이 굳어 모든 동작을 멈춘 채 그 자리에 우뚝 서 있었다. 이러다가 꼼짝없이 섬으로 팔려가는 거 아닌가. 대구 아저씨는 평소에, 딴 생각했다가는 병신을 만들어서 쥐도 새도 모르게 섬으로 팔아 버릴 줄 알라고 입버릇처럼 말했다. 그 순간 발각됐다간, 그는 정말 그들을 창고로 데려가 몽둥이질을 한 뒤 섬에 팔아넘기고도 남을 사람이었다. 그 생각을 하니 혜영은 온몸이 빳빳하게 굳어 버렸다.

금방이라도 고자질을 할 듯 그들을 노려보던 영준 엄마가 들고 있던 오줌통을 방문 앞에 살그머니 내려놓더니 대구 아저씨와 주인 마담의 방문 앞에 있는 미닫이문 쪽으로 침착하게 걸어가는 것이었다. 그러더니 문고리에 걸어 놓은 놋숟가락을 빼고서 양손으로 문짝을 꽉 붙들었다. 평소 요란하게 삐거덕거리던 문이 소리 없이 열렸다. 그 집에서 가장 오래 산 그녀라서 가능한 일이었을 것이다.

"얼른 안 나가고 뭐 해, 이년들아?"

영준 엄마가 다급히 속삭였다.

정선이 얼른 밖으로 빠져나갔다. 그 뒤를 따르는 혜영은 금방이라도 대구 아저씨가 뒷덜미를 잡아챌 것 같은 생각에 온몸이 오싹해지며 순식간에 양 손바닥이 축축해졌다. 문밖으로 나온 그들은 뛰기 시작했다. 미용실 모퉁이를 돌기 전 혜영은 뒤를 한번 돌아보았다. 영준 엄마는 반쯤 열린 문을 그때까지 안간힘으로 붙들고 있었다. 그대로 놓았다간 취한 손님들에게 시도 때도 없이 걷어차여 고물이 된 문짝이 삐거덕 소리를 낼 것이고, 잠이 없는 대구 아저씨는 수상한 낌새를 알아채고서 파자마 바람으로 득달같이 뛰쳐나와 단숨에 두 사람을 낚아챌 거라는 걸 영준 엄마는 너무나도 잘 알고 있었을 것이다.

그날 정선과 혜영은 제일 먼저 지실의 자취방부터 들러 보았다. 그러나 지실을 만날 수 없었다. 그 방엔 벌써 다른 남학생이 들어와 살고 있었다.

다음 날 오후 예상대로 광복천에 대구 아저씨가 나타났다. 그는 국밥집 앞을 어슬렁거리며 지나다녔다. 끝내 혜영이네 국밥집을 찾아낸 그가 가게로 들어와 국밥 한 그릇을 시켜 놓고 은근슬쩍 혜영에 관해 물었다.

혜영의 어머니는 그날도 낮술이 거나해 있었다.

"옳아, 순진한 아를 꼬여 낸 게 바로 네놈이었네? 나잇살이나 처묵어 가꼬 이마에 피도 안 마른 가이내를 뭣 하러 찾아댕기냐고? 내가 니놈을 찾아 나설 판이었는디 니 발로 스스로 여까지 기어 들어왔으니 거참 잘된 일이구나. 어서 가자, 경찰서로 당장 가자고…….

혜영의 어머니는 설거지 거리가 잔뜩 담긴 개수대에서 물을 한 바가지 퍼 가지고 그의 얼굴에 보기 좋게 퍼부었다. 물에 떠 있던 내장 찌꺼기가 그의 머리에 덕지덕지 들러붙었다. 그뿐이 아니었다. 혜영의 어머니는 세상에 대해 분풀이를 하듯 그의 멱살을 붙들고 포악을 떨었다. 그는 입도 벙긋 못 한 채 줄행랑을 놓고 말았다.

혜영은 길을 가다가도 앞가르마 단발머리에 주근깨가 있고, 눈이 작은 서른 즈음의 여자를 보면 혹시 영준 엄마가 아닌가, 찬찬히 살펴보곤 한다. 그러나 어디서도 영준 엄마와 우연히 마주치는 일은 일어나지 않았다. 한편 대구 사투리를 쓰는 남자만 보아도 머릿속까지 소름이 쫘악 올라오곤 했다.

"뭔 생각을 그렇게 해? 혹시 찬밥 남은 거 없냐?"

조백이 주방 쪽을 기웃거리며 말했다.

"넌 내가 밥으로 보이냐?"

혜영이 꽥 소리를 지르자, 조백은 라면을 집어 들고 웃으며 검지와 중지를 펴 보였다.

"두 봉지?"

"닭죽 아직 남았어."

혜영이 냉장고에서 냄비를 꺼내 가스레인지에 올렸다.

"지실이 살아 있겠지? 걘 이상하게 쉽게 죽을 애처럼 생겼었잖아."

조백은 지실을 잊지 못하고 있었다. 태어나 기억이 존재한 이후부터 누추한 골목에서 함께 자랐던 세 사람에게 지실은 신기루 같은 존재였고 조백은 늘 지실을 챙겼다.

찌뿌듯한 몸을 이끌고 주방에서 서성이던 혜영은 조백의 뒷모습을 물끄러미 바라보았다. 너무 오래 누워 있어서 그런지 머리, 목, 허리, 다리가 동시에 아팠다.

주방 창에서 내다보이는 뒷산 아래 공사 중인 아파트가 어느새 높이 치솟아 있었다. 내년에 완공된다는 아파트는 아스라한 고층이었다. 불과 백 미터 정도의 거리를 두고 세기가 갈리는 듯한 풍경이 펼쳐져 있었다.

저런 아파트 단지 근처에다 자신의 이름을 걸고

아담한 라이브카페를 내야겠다는 생각은 이제 혜영에게 정말 꿈이 되고 말았다. 새삼스럽게 어머니가 보고 싶었다. 혜영은 전화기를 집어 들었다가 내려놓고 밥상을 차렸다.

호연은 종일 방에 틀어박혀 나오지 않았다. 공부라도 하는 걸까.

"학원이라도 다녀야 하는 거 아니야?"

호연이 중학교에 들어가던 해 혜영이 물었다.

"돈만 버려."

그게 호연의 답이었다.

그 뒤로 혜영은 호연에게 공부를 강요하지 않았다. 사람 사는 데 영어가, 수학이, 과학이 뭐 그리 대수라고 애를 잡고 싶지 않았다. 특별한 문제를 일으키지 않는 것만으로도 감사할 일이라고 생각했다.

"아는 언니 아들은 초등학교 선생님이 됐대. 좋겠지?"

그런 식으로 넌지시 얘기했을 때도 호연은 텅 빈 눈으로 혜영을 물끄러미 바라보는 게 전부였다.

"또 닭죽?"

호연이 상 앞으로 앉으며 얼굴을 찌푸렸다.

"그날 쌀을 너무 많이 넣었어."

조백이 미안한 듯 웃었다.

혜영은 일부러 후룩후룩 소리를 내며 퍼진 닭죽을 먹었다.

"그래도 맛있나 보네."

호연은 혜영이 맛없는 음식을 잘 먹는 것을 늘 신기해했다.

"맛없어서 빨리 먹어 치우려는 거지."

혜영이 말했다.

"요즘 다 어렵대."

호연은 점점 더 거세지는 빗방울을 바라보며 그렇게 말했다.

고3을 걱정시키는 엄마는 세상에서 자기뿐일 거라는 생각 때문에 미안해진 혜영은 호연의 말을 못 들은 체할 수밖에 없었다.

"답답하면 친구들이랑 영화라도 보고 바람 좀 쐬고 와."

혜영이 깍두기를 집으며 말했다.

"내가 어디 그럴 팔자가 돼?"

호연의 눈가가 붉어지고 말았다.

늘 이런 식이다. 두 사람은 서로를 웃게 하려다 아픈 곳을 찔러 버리는 꼴이 되고는 한다. 어머니의 말마따나 아픈 곳이 너무 많다 보니 어디가 급소인지도 모르고 툭 건드려지면 눈에서 별이 번쩍거렸다.

사흘 전 혜영이 집 앞 목욕탕에 간 사이 조백이 닭 두 마리를 놓고 갔다. 그중 한 마리는 여러 차례 찐 감자랑 고구마를 나누어 준 주인집에 갖다주고, 한 마리는 대추와 황기 뿌리를 넣고 압력솥에 푹 고았다.

"이놈이 날아서 감나무 위까지 올라 다니던 놈이라더라."

닭을 고았다고 전화를 했더니 이십 분도 안 돼 달려온 조백이 닭 다리를 부욱 찢어 호연에게 하나, 혜영 앞에 하나 놓으며 그렇게 말했다.

"뭔 닭인데?"

혜영이 물었다.

"토종닭."

"누가 몰라? 어디서 가져온 거냐고?"

"샀지."

"어디서?"

"훔친 거 아니야, 맛이 끝내줄 거다."

조백이 큰 소리를 치자, 혜영이 백숙에 들어간 재료들을 손가락으로 일일이 헤아렸다. 조그만 밥상에 김치와 깍두기를 차려 놓고 셋이 마주 앉아 펄펄 날아다녔다는 육질이 쫄깃한 고기를 뜯었다. 방 안엔 진한 국물 냄새가 가득 고였다.

닭죽은 그날 조백이 끓여 놓고 간 것이었다.

"어디서 자꾸 닭을 가져오는 거예요?"

호연이 죽 그릇을 비우고 방으로 들어가며 중얼거렸다.

점심을 먹고 조백이 막 돌아간 후 클럽 사장한테서 전화가 걸려 왔다. 일주일 정도 푹 쉬라는 전화였다. 정기적으로 시행하는 클럽 단속이 또 시작되었다고 했다.

혜영은 눈앞이 깜깜해졌다. 사장도 맥이 빠져 있었다.

"개새끼들."

사장이 누구에겐가 욕을 했다.

"누구?"

"누구긴, 저 위에 있는 새끼들이지."

사장의 한숨 소리와 함께 전화가 끊겼다.

7

"가족관계는요?"

형사의 취조가 시작되자 혜영은 차라리 담담해졌다.

"딸이 하나 있어요."

"남편분은요?"

"없어요."

"이혼했나요?"

"아뇨."

"그럼? 사별인가요?"

"그런 걸 말해야 하나요? 처음부터 없었어요."

"아. 언제부터 그 일을 했어요?"

형사의 질문에 혜영은 잠시 머뭇거렸다.

룸에 들어간 건 처음이라고 진술해야 한다는 사장

의 말이 떠올랐기 때문이었다.

"처음이에요."

"솔직히 얘기해야 합니다."

"정말이에요. 처음이에요."

형사가 고개를 들고 혜영의 얼굴을 빤히 쳐다보았다. 그는 혜영이 거짓말을 하고 있다는 걸 알고 있을 것이다.

"룸에 들어가 손님에게 술을 따르거나 술 시중을 드는 일이 불법이란 건 알고 있었어요?"

"네."

"가수, 직업이 가수라고 되어 있네요. 가수 맞아요?"

혜영은 나달나달해진 가수증을 형사 앞에 내밀었다.

"전 도우미가 아니에요. 거기에서 전속으로 노래를 부르는 사람이라니까요."

혜영의 목소리가 커지자, 옆자리에서 서랍 정리를 하고 있던 형사가 그녀를 흘끔 쳐다보았다.

담당 형사는 혜영이 건넨 가수증을 대충 보고 내려놓았다.

"룸에 들어가 노래를 불렀으니 도우미나 다를 게
뭐 있어요."

가수증을 보고도 그의 태도엔 어떤 변화도 없었다.

"돈을 모아 조그만 라이브카페를 차릴 생각이었어
요. 그런데……."

혜영은 자신이 처한 상황을 길게 늘어놓았다.

형사는 묵묵히 혜영의 얘기를 듣고 있었다.

"그런 상황이면 정부에서 보조금을 어느 정도 지
원하지 않나요?"

"있죠. 하지만 그걸로는 딸하고 둘이서 밥도 못 먹
어요. 편의점 시간제 알바 자리도 대학생들로 넘쳐나
고, 마트 같은 곳에서는 가족관계증명서를 떼어 오라
고 하고요. 저 같은 사람은 거기서도 써 주질 않는다는
거 모르시죠?"

혜영의 목소리가 점점 작아졌다.

열심히 자판을 두드리던 형사가 다시 고개를 들고
사무실 안을 쓱 둘러보았다.

"딸은 그런 일을 한다는 사실을 알아요?"

"대충은 알 거예요."

"딸은 뭐래요?"

"어쩔 수 없다는 걸 딸도 알아요."

"이런 일도 전과로 남는다는 거 알고 있죠?"

"전과요?"

"네."

"저도 사람인데 왜 부끄러운 걸 모르겠어요."

"거기선 손님과 주로 뭘 하나요?"

"전 정말 노래만 한다니까요……."

"허 참, 거짓말하면 안 된다니까 그러시네."

"누가 거짓말을 한다고 그래요?"

"그날은 손님과 뭘 했나요?"

형사는 최대한 목소리를 낮춰 물었다.

"그 노인과는 정말 아무 일도 없었어요."

"구체적으로 얘기하셔야 해요."

"아무 짓도 하지 않았는데, 뭘 얘기하라는 거예요?"

"적발 당시 노인이 바지를 벗고 있었다고 되어 있는데. 이거요."

형사는 곤란한 표정으로 사진 한 장을 내놓았다. 노인의 앙상한 다리가 드러난 사진이었다. 옆자리 형사가 사진을 슬쩍 넘겨다보았다.

"정말 아무것도 하지 않았어요."

"그런데 왜 노인이 바지를 벗고 있냐는 거지? 뭘 하려고 했어요?"

"그걸 제가 어떻게 알아요?"

"바지를 내린 이유가 있을 거 아니에요? 박혜영 씨와 단둘이 있었는데 모른다니 말이 됩니까?"

"전 두 시간 내내 노래를 불렀고 그 손님 옆에 앉지도 않았어요. 다리가 아파서 맞은편에 잠깐 앉은 사실밖엔 없어요. 전 모르는 일이에요."

"마지막으로 하고 싶은 말 있나요?"

"부끄러워요. 죽고 싶을 만큼요."

"죄책감 같은 거 없어요?"

"죄책감요? 부끄럽지만 죄책감은 없어요. 죄를 짓지는 않았거든요."

"알았습니다."

"그런데 형사님, 저는 어떻게 되나요?"

"그건 판사가 결정하는 겁니다."

"벌금은 얼마나 나올까요?"

혜영이 초조한 얼굴로 물었지만 작성한 서류를 출력하는 데 집중한 형사는 그 말을 듣지 못한 듯했다.

경찰이 룸에 들이닥쳐 손님을 접대한 사실이 적발된 지 한 달이 지나 취조를 마치고 밖으로 나왔을 때는 함박눈이 내리고 있었다.

혜영의 앞을 걸어가는 남자 둘 중 하나가 날씨가 미쳤다고 말했다. 두꺼운 패딩으로 위아래를 무장한 남자들이었다.

혹독한 추위였다.

"그린장례식장요."

혜영은 택시를 잡아탔다.

"날씨가 왜 이러냐, 여기까지 뭐 하러 왔어?"

빈소로 들어서자 테이블에 기대고 앉아 있던 조백이 대뜸 나무랐다. 그에게 지청구를 듣고 나니 그동안 어딘지 답답했던 가슴이 좀 뚫리는 것 같았다.

조백은 아주머니의 영정 앞으로 혜영을 데려갔다.

"절할래?"

"해야지."

혜영은 아주머니 앞에 다소곳이 엎드렸다.

혜영이 하고 다니는 짓거리를 지금쯤 아주머니의 혼이 다 알았을 거라고 생각하자, 아주머니를 똑바로 볼 수 없었다. 산 사람한테 한 번도 생기지 않던 죄책

감이 마구잡이로 솟구쳤다. 죽음이 지켜보는 누군가
에게 후회, 반성, 깨달음 같은 걸 안겨 주는 것은 분명
한 사실이었다.

"점심은 먹었어?"

"먹었어."

조백은 그 와중에도 웃었다.

"지금쯤 아저씨 만나셨겠네."

혜영이 말했다.

"아저씨?"

"그래, 네 아버지."

"아버지?"

그의 입에서 아버지라는 말은 처음이었다.

"엄마는 젊었을 때 행상을 했었대."

자동차는커녕 수레마저 귀한 시절이라 젊디젊은
여자는 머리에 바구니를 켜켜이 포개 이고 여러 마을
을 떠돌았다. 자기 팔자가 그렇게 사납다고 아주머니
는 늘 얘기했다고 한다. 그게 다 망할 전쟁 탓이라고.
아주머니는 전쟁 통에 고아가 되었다. 자식 하나 얻지
못하고 청상이 된 그녀의 불행을 슬퍼해 줄 사람 하나

없었다. 한번 길을 떠나면 보름 이상 걸려서야 바구니를 다 팔 수 있었다. 날이 저물면 어느 집이든 사정을 하여 가까스로 이슬을 피했다. 그날도 어느 민가에서 하룻밤을 보내게 되었다. 마음이 넉넉한 안주인 덕에 밥을 배불리 얻어먹고, 잠자리까지 신세를 지게 되었다. 황송한 마음에 떠날 때 바구니라도 하나 놓고 가야겠다고 생각하며 감사한 마음으로 잠을 청했다. 그날 저녁 사랑에서 밤늦도록 새끼를 꼬던 주인이 방으로 몰래 숨어들었다. 안주인을 볼 낯이 없어 새벽같이 그곳을 떠나왔다. 아기가 생긴 걸 알아차린 후, 누가 알까 두렵게 배 속의 아기를 키우던 그때가 그녀의 생애에 가장 행복한 날들이었다고 그녀는 말했다. 낳고 보니 튼실한 아들이었다. 여자는 그 아이가 네 살 나던 해 아이의 아버지를 찾아간 적이 있었다. 두 사람을 보자 그 집 주인은 슬금슬금 집을 나가 버렸다.

"그니까 네 아버지가 그랬단 말이지?"
혜영이 물었다.
조백은 말없이 고개를 끄덕였다.
"사람이 어째 그러냐?"

혜영은 성질을 부렸다.

"사람이니까 그러지."

조백은 언제고 큰일 앞에서는 태연했다.

"그런 얘기를 왜 이제야 해?"

혜영은 사극에서나 나올 법한 아주머니의 과거사가 믿기지 않았다. 사람이 많을 리 없는 한산한 장례식장은 마치 비수기를 맞은 찜질방 수면실 같은 분위기였다.

벽 쪽에 노인 둘이 다리를 죽 뻗고 우두커니 앉아 있었다.

"누구래?"

그들 쪽을 보며 혜영이 물었다.

"엄마 사촌들이래."

"밖에 지금도 눈이 오겠지?"

밖이 전혀 보이지 않는 휴게실에 창문이 하나 있긴 했다. 혜영은 창에 얼굴을 가까이 대고 서서 밖을 내다보았다. 깜깜했다. 자세히 보니 밖도 벽이었다.

아주머니의 발인 날, 혜영은 이불 속에 파묻혀 사과를 통째로 베어 먹으며 줄곧 천장만 쳐다보았다.

점심때쯤 사장한테서 전화가 걸려 왔다.

"몸은 좀 나았어?"

"좋아졌어."

"약 잘 챙겨 먹고 얼른 나아."

사장은 걱정스러운 목소리로 말했다. 그 한마디에 지난날의 서운함이 눈 녹듯 사라졌다.

이튿날 늦은 오후, 혜영은 차를 가지고 중고차 매매단지로 향했다. 엄청나게 많은 차량이 있었다. 막 출고된 차처럼 말짱한 것들도 많았다.

"거의 폐차할 상태라는 건 아시죠?"

혜영의 차를 살펴본 남자가 말했다.

"브레이크에서 무슨 소리가 좀 나고 시동이 잘 안 걸리지만 아직 멀쩡해요."

혜영도 지지 않고 말했다.

"사모님이라면 이런 차를 사겠어요?"

남자가 말했다.

하긴 너무 오래 세워 두기만 한 차였다.

"저런 새 차들은 누가 왜 파는 거예요?"

오십만 원을 받아서 나오다가 혜영이 남자에게

물었다.

"저 차들도 뭔가 다 사연이 있겠죠."

남자는 남의 말을 잘라 할 말이 없게 만드는 재주가 있었다. 혜영이 벤츠라도 타고 왔더라면 좀 달랐을까? 중고차 매매 단지를 나와 혜영은 애자 언니가 이사했다는 동네로 가기 위해 버스를 탔다.

애자 언니네 살림살이는 박스 몇 개와 선풍기 한 대가 전부였다.

혜영이 도착했을 때 애자 언니는 박스 안에서 양념통들을 꺼내고 있었다. 애자 언니의 남편 주일 씨가 돼지고기를 사 오겠다며 밖으로 나간 뒤, 애자 언니는 짐꾸러미 안에서 밥솥과 냄비, 쌀 봉지 같은 것들을 꺼내서 싱크대 앞으로 갔다.

밑바닥이 새카맣게 그을은 냄비 안에서 대파 한 토막이 나왔다. 어디선가 기어 나온 바퀴벌레 한 마리가 날렵하게 벽 쪽으로 달아났다.

"그러고 보니 세 식구가 이사를 왔네."

애자 언니가 심드렁하게 말했다.

압력솥에 밥을 안친 애자 언니는 대구에서 식당 일

을 하며 지냈다는 얘기를 차분하게 꺼냈다.

"짐작한 대로 다 사기였지 뭐."

엄청 부자라던 주일 씨의 집은 구경도 못 했다며 애자 언니는 쿡쿡 웃었다. 혜영은 방에 늘어진 옷가지들을 행거에 걸며 애자 언니의 얘기를 들었다. 꺼내 놓기 어렵겠다 싶은 이야기도 그녀는 늘 밝게 웃으면서 했다.

돼지고기를 사러 갔던 주일 씨가 환하게 웃으며 방으로 들어섰다. 압력밥솥 추가 요란하게 딸랑거리며 좁은 방 안으로 구수한 밥 냄새가 피어올랐다. 밥상을 차려 놓고 네 명이 빙 둘러앉았다.

침대 옆 공간에 사각 원목 상을 펴고 네 사람이 간신히 엉덩이를 붙이고 앉았다. 주일 씨랑 애자 언니가 나란히 앉고 맞은편에 애자 언니의 고향 친구라는 여자와 혜영이 앉았다.

애자 언니는 혜영에게 상추와 깻잎을 포갠 제육볶음 쌈을 싸 주며 살갑게 굴었다. 혜영을 바라보는 그녀의 눈빛엔 측은지심이 그득했다. 소주랑 맥주도 있었고 분위기가 그런대로 괜찮았다.

주일 씨와 애자 언니가 언성을 높이게 된 건 언니

의 고향 친구 때문이었다. 그러니까 정확히 말하면 언니의 고향 친구 때문이 아니라 주일 씨 주변에 널린 여자들 때문이라고 해야 옳았다. 어쨌건 언니의 고향 친구가 갑자기 방울 할머니라는 여자 이야기를 꺼냈을 때 언니는 발끈했다.

애자 언니 말에 의하면 주일 씨의 휴대폰에는 여자들의 번호가 여럿 있다고 했다. 방울 할머니, 숙희 여사님, 조 여사님, 김경화…….

주일 씨의 말로는 아는 누님이나 동생처럼 여기는 여자들이라고 했다.

방울 할머니란 여자는 애자 언니와 살림을 차린 주일 씨와 술자리도 자주 할뿐더러 언젠가 밤늦은 시간에 전화를 걸어 찔찔 짜며 주일 씨를 불러냈다는 것이었다. 소주잔을 비운 애자 언니는, 그날 그 여자가 전화를 걸어 자고 있던 주일 씨를 불러낸 이유를 새삼스럽게 따지고 들었다.

"상의할 일이 있었다니까 그러네."

주일 씨가 말했다.

"그러니까 그 밤중에 상의할 일이 도대체 뭐였는데?"

애자 언니가 캐물었다.

"어, 그 누나가 딸이 사고 쳐서 난 애를 키우고 있대. 걔가 초등학생인데 발랑 까져 가지고 문제아거든."

"그걸 왜 당신이랑 상의해?"

"주변에 사람이 없대."

"당신은 아무나 누나야?"

"왜 그래, 다 지난 일을 가지고. 요즘은 연락도 안 되는데. 그리고 그 누나 나이가 환갑 지난 지가 옛날이야."

"환갑 지난 여자는 여자가 아니란 얘기야? 나도 여자가 아니네 그럼. 그날 당신은 분명히 그 여자랑 자고 왔어. 여자들한텐 촉이라는 게 있다고."

애자 언니는 싸우려고 작정을 한 사람 같았다.

"좋은 날 왜 이래? 그만 좀 해라."

고향 친구가 언니의 등짝을 세게 쳤다. 주일 씨는 잔을 비우더니 손수 잔을 채웠다.

"누나는 말이 되는 소리를 좀 해."

두 사람의 언쟁이 계속되자 천천히 고기를 씹던 고향 친구가 가방을 들고 자리에서 일어나며 애자 언니를 흘겨보았다.

"미안해, 괜히 화가 나고 눈물이 나네."

애자 언니는 한 손으로 눈물을 훔치며 친구의 손을 끌어당겼다. 그 와중에도 혜영에게 쌈 한 입을 더 싸 주었다.

"혜영아, 네 친구 정선이 말이야. 큰 식당 한다고 했지?"

집들이에 온 손님들을 앉혀 놓고 눈물을 훔치던 애자 언니가 갑자기 큰 소리로 물었다. 혜영이 고개를 끄덕였다.

"당장 일자리를 구해야 하는데 내일 거기 좀 같이 가 줄 수 있지?"

"그럼."

애자 언니는 금세 얼굴이 환해졌다.

주일 씨는 오이를 깎아 빈 접시를 부지런히 채웠고, 세 사람은 밤이 깊도록 각각 살아온 옛날이야기들을 꺼내 놓았다.

8

클럽에 출근하는 사람은 혜영을 포함해 모두 네 명
이었다.

'그냥 나리라고 불러요.'라고 자신을 소개한 삼십
대, 대학생이라는 진이와 선영이.

사장은 얼굴만 보이고 일이 있다며 곧장 나갔다.

클럽을 내놓았지만 누구 하나 보러 오는 사람이 없
었다. 사장은 궁리 끝에 여자들을 모집하는 광고를 냈
다. 서둘러 봉고차도 장만했다. 그가 가게를 처분하지
않은 채 보도방 사업을 시작하게 된 건 용희 삼촌과 혜
영에게는 다행스러운 일이었다.

클럽은 예전 그대로 운영할 거고, 용희 삼촌이 차
량 운전과 콜 받는 일을 모두 담당할 거라고 했다. 진
이와 선영이는 그 광고를 보고 이곳에 왔다.

"학생이라며 돈은 어따 쓰려고 이런 델 다 왔니?"

혜영이 애들에게 물었다.

"꼭 갖고 싶은 게 있어요. 그거 사려구요."

"그게 뭔데?"

애들은 혜영의 말에 대꾸조차 하지 않았다. 혜영은 애들을 타이를 수 없었다. 애들의 당돌해 보이는 초롱초롱한 눈을 똑바로 보기가 무서웠다.

육십이 다 된 나이에 이러고 있으면서 어디다 감히 훈계질을 하겠는가.

"이모, 괜찮아요?"

두통이 일어 타이레놀을 두 알 먹고도 식은땀을 흘리고 앉아 있는 혜영에게 통통한 선영이 물었다.

"뭐가?"

혜영이 되물었다.

"많이 아픈 거 같아서요."

"애들아, 여기는 노래를 하러 오는 곳이 아니야. 딴 짓하러 오는 곳이지. 너희들이 있을 곳이 못 돼."

"우리도 다 알아요, 뭐든 할 수 있어요."

둘 다 대답은 야무졌다.

열 시 조금 넘어서야 주변에 있는 노래방에 명함

돌리는 일이 끝났다. 용희 삼촌은 구인승 봉고차 운전이 버거운지 가끔씩 급브레이크를 밟으며 버벅거리면서도 피곤한 기색 없이 겸연쩍게 웃었다.

하루아침에 〈OK이벤트〉 대표이사가 된 용희 삼촌은 전화기에 눈을 박고 살았다. 삼십 분 간격으로 '아가씨 대기 중'이라는 문자를 업소에 날렸다.

열한 시쯤 첫 콜이 걸려 왔다. 일행은 숨을 죽인 채 용희 삼촌에게로 시선을 모았다.

"세 명은 있는데."

용희 삼촌은 최대한 공손한 목소리를 냈다. 그러나 실망스런 얼굴로 전화를 끊었다.

"뭐래요?"

진이가 호들갑스럽게 물었다.

"네 명 보내 달래."

"여기 가수 이모 있잖아요."

진이가 혜영을 빤히 쳐다보았다. 혜영이 고개를 끄덕였다. 그러자 당장 그만둘 것처럼 코가 빠져 있던 애들의 얼굴이 환해졌다.

용희 삼촌은 다시 전화를 걸어 일을 잡았다.

"한 콜 받았어."

그는 차에 올라 시동을 걸기 전 으쓱거리며 사장에게 전화를 걸어 상황을 보고했고, 혜영은 얼떨결에 그들과 함께 봉고차에 올랐다.

주점 사장은 서른 갓 넘은 젊은 여자였다. 검은색 니트 원피스를 입은 그녀는 표정이 장례식장 상주처럼 근엄했고, 사람을 대하는 말투가 깍듯했다. 나이가 많고 키가 땅딸한 혜영을 보는 시선에 특별한 모멸감의 기미도 없었다. 여러 보도방을 옮겨 다니며 일했다는 나리의 말대로라면 주인이 퇴짜를 놓는 경우도 많다고 했다.

손님은 점잖아 보이는 오십 대들이었고, 혜영 일행은 걸려온 첫 콜을 무사히 통과했다. 일을 끝내고 돈을 받아서 나올 때 일행은 어린 주인에게 고개 숙여 인사를 했다.

오픈한 지 보름 됐다는 그 집은 일행 모두에게 희망적인 첫 번째 일터가 되었다.

사장은 끝날 시간에 나타나 얼마 안 되는 돈을 세었다. 그는 어디서 뭘 했는지 피곤해 보였다. 어딘지 불안해 보이기도 했다. 그러나 적은 수입을 털어 그들에게 야식을 먹이는 인간미를 보여 주었다.

며칠 후 혜영은 호연에게 돈을 보내기 위해 은행에 갔다.

눈이 올 것 같은 날씨였다. 길에 서서 버스를 기다리는 사람들의 어깨가 잔뜩 움츠러져 있었다.

꽃집 앞을 지나는데 문자 하나가 날아왔다. 로봇이었다. 혜영의 시간을 사겠다는 문자였다. 어디로 가면 되냐고 문자 곧바로 답이 왔다.

—동림동 국민은행 사거리 약국 앞 세 시.

혜영은 마음이 바빠졌다.

도로도 아니고, 골목이라 하기에도 애매한 일방통행로를 차들과 반대 방향으로 걸었다. 세탁소에 맡겨 둔 외투를 찾아서 들어가 화장을 하려면 시간이 빠듯했다.

철물점, 카센터, 자전거 가게, 이발소, 중국집, 한 달에 옷이 한 벌도 팔리지 않을 것 같은 고요한 개량 한복집. 칙칙한 상가들만 즐비한 길목에는 무슨 이유에서인지 얼굴을 잔뜩 찌푸린 남자들뿐이다. 술이 들어가면 분명 저 위에다 대고 죽일 놈들이라고 욕을 퍼부을 그런 얼굴들.

약속 장소에 도착했을 때는 약속 시간이 오 분 지나 있었다. 상대는 보이지 않았다. 혜영은 체격이 마르고 피부가 흰 남자를 찾아 주변을 두리번거렸다. 클럽에서 두 번 만났던 그는 휴대폰에 '로봇'이라고 저장되어 있는 남자였다. 번호를 딸 때 이름을 묻자, 로봇으로 저장하라고 했던 게 기억났다.

낯선 곳에 와서 그를 찾다 보니 그녀에 대한 혐오를 숨김없이 드러냈던 그가 정말 절실해졌다. 대부분의 사람들이 혜영을 평범하게 대하지는 않았다. 그러나 그처럼 노골적으로 사람을 면박 주는 일 또한 드물었다. 그런 그가 밖에서 보자고 제안을 해 온 자체가 의문이었다.

안경 너머에서 반짝거리던 로봇의 눈빛은 그런 거였다. 탁한 세계에 오염된 여자가 옆에 있다. 그런 여자를 가까이하여 자신을 오염시키는 실수를 범하지 않겠다는 의지로 가득한 눈빛이었다.

처음 9호실에 들었던 그는 혜영의 노래를 들으며

맥주를 마시고 돌아갔다. 그가 두 번째로 혜영을 찾아왔던 날은 혜영이 돈에 안달을 낼 수밖에 없던 날이었다.

호연의 첫 등록금 때문이었다.

"이럴 거면 이런 데 뭐 하러 와요?"

그의 옆에 앉아 술 시중을 들던 혜영은 나중에는 신경질을 부리고 말았다.

"그럼 여기서 뭘 해야 하는데요?"

그가 물었다.

"돈만 내면 뭐든 다 해 줄 건데."

취한 혜영의 말에 그는 그녀에게서 조금 떨어져 앉았다.

"당신은 가수잖아요."

그는 비아냥거리는 투로 말했다. 어쩌면 혜영이 그렇게 들었을 수도 있었다.

"연락해도 돼요?"

꾸역꾸역 술만 마시던 그가 돌아가기 전 전화번호를 물어본 건 의외였다.

그는 혜영의 수치심을 극도로 자극했다. 미혼모로 살아온 세월이 안긴 각종 수치심, 삼류 측에도 끼지 못한 어처구니없는 삶이 안기는 수치심, 수치심이라는 감정에 익숙해질 만도 한데 그 감정은 매번 혜영을 지독하게도 괴롭혔다.

은밀하고 어두운 환경 속에 살다 보니 어두워진 내면은 자꾸 나락으로만 그녀를 끌고 다녔다. 노인들을 공손하고 다소곳하게 대했고, 놀이터에서 위험하게 노는 어린아이들을 보면 걱정했고, 대중탕에서 지켜야 할 질서를 지켰다. 그녀는 딱히 죄받을 짓을 하지 않았다. 잘못한 게 있다면 노래를 포기하지 못한 것뿐이었다. 그러나 인간답게 살 기회가 오지 않았다. 어느 한순간에 시작되어 버린 불안정한 삶은 좀처럼 끝이 날 기미를 보이지 않았다.

—어디예요? 도착했는데.

혜영은 로봇에게 도착했다는 문자를 날렸다.

—국민은행 뒷골목에 있는 하이오피스텔 301호로 와 줄래요?

답이 그렇게 왔다. 약속이 깨진 건 아니어서 일단
은 안심이었다.

—드라이브하기로 했잖아요.
—미안해요.
—알았어요.

혜영은 그렇게 허락할 수밖에 없었다.
돌아가자면 방법은 있었다. 집에 도착해서 택시비
를 계산하는 방법. 그러나 여기까지 왔는데⋯⋯ 이런
저런 생각을 더 해 봐야 할 것 같아 혜영은 엘리베이터
를 타지 않고 계단을 이용했다.
층계를 천천히 오르면서 여러모로 생각을 했다.
이대로 돌아가게 된다면 왕복 택시비가 그냥 날아가
지. 매일 출근을 하지만 퇴짜를 맞고 대기실에 주로 혼
자 앉아 무슨 일이라도 생기길 기다리는 것이 일이 되
었다⋯⋯ 공간이 바뀌었을 뿐이다⋯⋯ 그러나 자꾸
두려움이 앞섰다.
301호. 회색 철문 앞에 도착해서 마지막으로 떠오
른 생각은 연쇄살인범은 아니겠지. 변태 정도라면 괜

찮아,였다.

혜영은 심호흡하고 나서 초인종을 눌렀다. 그가 옷을 벗고 있다가 뭘 하나 걸친다 해도 문이 열릴 시간은 충분히 흘렀다. 다시 한 번 초인종을 눌렀다. 어떻게 된 건지 단단해 보이는 철문 너머는 여전히 고요했다.

집을 잘못 찾았나? 휴대폰을 열어 문자에 찍힌 주소를 확인해 보았다. 틀림없었다. 혜영은 발작하듯 초인종을 눌러 댔다.

"안 계세요?"

실없어 보이는 사람은 아니었는데. 더 이상 초인종을 누르는 건 의미가 없을 것 같았다.

―장난해요.

문자를 넣어 보았다. 답이 없었다.

마지막이라 생각하고, 한 번 더 초인종을 눌렀다. 그때 문이 열린 건 뜻밖이었다.

"왔어요?"

로봇이 얼굴을 내밀었다.

그를 본 순간 혜영은 직감적으로 알았다. 그가 들

은 건 마지막 벨 소리뿐이란 걸. 안으로 들어서자 헤드셋이 먼저 눈에 들어왔다. 그는 저걸 끼고 있었던 거다. 다행이었다.

혜영은 여러 번 초인종을 누르고도 오 분 정도 문 앞에 서 있었다는 얘기는 하지 않았다. 방 안이 온통 책이었다. 붙박이 책장 외에도 여기저기 책들이 쌓여 있었다. 헤드셋 옆에 영문이 잔뜩 새겨진 시디가 몇 장 흩어져 있고, 책상 위에도 여러 권의 책이 늘어져 있었다. 방은 넓고 밝았다.

오랜 세월 어두컴컴한 지하에서 생활한 혜영은 밝은 공간에서 사람을 만나는 게 점점 불편해졌다. 로봇은 어두운 조명 밑에서 봤을 때보다 나이가 덜 들어 보였다. 그녀보다 스무 살쯤 어려 보였고, 인상도 밝았다. 마치 딴사람을 보는 것 같았다.

무엇보다 그는 지금 혜영이 자기 방에 들어와 있는 상황을 이상하게 여기지 않는 것 같아 마음이 편했다.

"이거."

그는 책상 서랍에서 돈을 꺼내 혜영에게 건넸다. 지불할 돈을 미리 준비해 둔 모양이었다.

"밖에서 보기로 했었잖아요."

손님한테 의도적으로 쓰던 반말이 쏙 들어가고 저절로 말끝에 요, 자가 붙어 나왔다.

"꼼짝하기 싫어서."

대신 로봇이 요, 자를 줄였다.

혜영은 집 안을 빙 둘러보았다. 옷장, 책장, 진열장, 식탁, 문틀이 모두 연한 갈색 원목으로 통일된 방. 발코니로 통하는 유리문 너머로 빈 화분 두 개가 나란히 놓여 있었다. 연한 하늘색 사기에 푸른색 난 그림이 새겨진 화분은 장식용으로 일부러 거기 놓아둔 것처럼 그 자리에 안성맞춤이었다.

로봇은 방바닥에 늘어진 시디들을 책상 위로 올려놓고 나서 달력에 뭔가를 체크한 뒤, 한참 동안 뭘 생각하고 서 있더니 안경을 벗어 닦았다. 차 같은 건 내주지 않았다. 그럴 생각이 없어 보였다. 하긴 혜영은 이 집에 손님으로 온 게 아니니까. 엄밀히 따지면 그가 손님이 아닌가.

그는 여기서 뭘 하려는 걸까? 이런 생각을 하고 있을 때 누군가 찾아왔다. 벨 소리는 특이했다. 부드럽고 조용했다. 혜영의 머릿속에 고정된 '딩동'과는 격이 다른 소리, 그가 문 쪽으로 걸어가는 걸 보고야 계곡물

소리 같기도 하고, 새소리 같기도 한 그게 벨 소리인 걸 알았다.

헬멧을 쓴 배달원이 들어서자 동시에 음식 냄새가 집 안으로 퍼졌다. 철가방 안에서는 요술처럼 여러 가지 음식이 나왔다. 배달원은 오색이 골고루 든 요리 접시를 로봇에게 건넨 후에도 작은 소스 접시들과 쓰키다시를 일곱 가지 정도 더 꺼내 방바닥에 늘어놓았다.

"이게 다 뭐예요?"

배달원이 돌아가자 혜영은 로봇을 거들어 음식들을 식탁으로 옮겼다.

"누가 와요?"

"아뇨."

"그럼?"

"이걸 나 혼자 어떻게 다 먹어요?"

"네?"

로봇은 빙긋이 웃으며 나무젓가락을 쪼개 식탁 앞에 서 있는 혜영에게 건넸다. 설마 오늘 그가 그녀의 시간을 산 이유가 함께 밥을 먹어 달라는 건 아니겠지. 밝고 심지어는 신성한 느낌마저 드는 여기서 노래를 불러 달라고 하진 않을 거고.

혜영은 그가 분명 다른 걸 요구할 거라 생각하며 생전 처음 본 음식들을 조심스럽게 천천히 먹어 보았다. 그가 젓가락을 움직이는 순서를 유심히 살피느라 음식 맛은 느낄 수 없었다. 그도 맛있게 먹는 것 같지는 않았다.

혜영은 수시로 시간을 체크했다. 음식을 먹기 시작한 지 한 시간 가까이 돼서야 소스 맛이 구분됐다. 고춧가루를 풀어 놓은 것처럼 빨간 소스는 다디단 맛이 났다. 보기에 맹물처럼 투명한 소스가 제일 매웠다.

그는 식사가 끝나 가는데도 여전히 아무런 요구를 해 오지 않았다. 어떤 일도 벌이지 않는 게 문제였다. 식탁에 앉은 상태로 시간이 절반은 흘러갔다.

혜영은 그가 어서 식사를 끝내길 조용히 기다렸다. 그건 취한 손님들에게 겪었던 다른 많은 일들보다 결코 쉽지 않았다.

"시간 다 돼 가는데."

혜영이 어렵게 입을 뗐다.

뭘 하든 지금쯤은 슬슬 시작해야 할 시간이라고 생각했다. 뭔가를 끝내고 빨리 그곳을 벗어나고 싶었다. 그가 어떠한 행동을 시작하려 했을 때 미리 다녀와야 할 화장실 입구를 눈으로 확인해 두고서 그가 그녀에게 요구해 올 뭔가를 기다렸다. 못 할 건 없다는 다짐을 하면서.

"이제 가 봐도 돼요."

그가 말했다.

"아직 시간이 남았는데요."

"다 먹었잖아요. 그릇들은 내가 치울게요."

혜영은 귀를 의심했지만, 가방을 들고 문 쪽으로 걸어갔다.

"정말 이대로 가도 되겠어요?"

혜영은 문을 나서기 전 뒤를 돌아보며 물었다.

"이게 우리나라식 고추잡채라는 거예요. 한 번도 안 먹어 봤다면서요."

로봇이 웃으며 잘 가라고 말했다.

친절은 그녀에게 가장 불편한 것이 되어 있었다. 그와의 긴 시간 동안 그녀의 머릿속을 채우고 있던 여러 생각들, 그것들은 하나같이 부끄러운 것들이었다. 눈앞이 뿌옜다.

혜영은 계단 난간을 붙잡고서야 간신히 걸음을 옮길 수 있었다.

혜영의 통장엔 돈이 조금 쌓였다. 그러지 않으면 안 되었다. 호연의 등록금을 마련해야 했으니까. 손님들의 요구를 많이 들어줄수록 수입은 많아졌다.

밖에는 늦은 첫눈이 내리고 있었다. 조백에게서 전화가 걸려 왔다. 그 시각 혜영은 골목 끝에 있는 노래방의 비좁은 룸에서 시청에 다닌다는 남자랑 맥주를 마시고 있었다. 정년이 반년 남았다는 반백의 남자는 따끈따끈한 열기를 뿜어내는 열풍기를 노려보더니 갑자기 알몸으로 술을 먹자고 제안했다. 이따위 껍데기 다 벗어 버리고 죽도록 술을 마시자고.

혜영은 그의 말에 고개를 끄덕였다.

그가 먼저 윗도리를 벗었다. 혜영이 망설이자 그가 원피스 지퍼를 홀랑 내려 버렸다. 그러고 앉아 맥주를 마셨다. 조백은 그날따라 혜영이 하는 짓거리를 알기라도 한 듯 생전 하지 않던 영상통화를 걸어 왔다. 받지 않았더니 문자가 도착했다.

—첫눈 온다. 뭐 하냐?

답을 하지 않았다. 함박눈을 보니 자기도 모르게 눈물이 난다는 문자가 하나 더 도착했다.

그러거나 말거나 혜영은 인생이 이렇게 허무할 줄은 정말 몰랐다고 한탄하는 남자의 비위를 맞추느라 별 신경을 쓰지 않았다. 같이 죽자고 하던 남자가 취해서 돌아간 뒤 혜영은 단체 손님이 들었다는 주점으로 이동하기 위해 서둘러 검은색 봉고차에 올랐다.

룸 안으로 성큼성큼 들어선 사람은 조백이었다.

그는 어두침침한 조명 밑에 쌍쌍이 앉아 있는 사람들을 빙 둘러보았다. 텅 빈 눈빛으로 한참 동안 서 있던 조백은 테이블 맨 앞쪽에 앉아 있던 손님의 멱살을 거머쥐었다. 취한 손님이 순식간에 바닥으로 내동댕이쳐졌다. 여자들은 비명을 지르고, 한 남자는 슬그머니 일어나 밖으로 나갔다. 여자들도 하나둘 자리를 벗어났다.

일행 중 한 사람이 일어나 조백의 멱살을 붙들었다.

"너 뭐야 새끼야?"

조백은 별 반항 없이 덩치 큰 남자에게 멱살을 내맡긴 채 휘둘렸다.

난동을 피우는 동안 줄곧 혜영의 시선을 피했던 그는 우악스러운 남자의 손아귀에 붙들려 한바탕 휘둘리고 난 후에야 혜영을 물끄러미 보았다.

난데없는 상황이 그녀와 연관이 있는 걸 누구도 알리 없었다. 끝까지 입을 다물고 있던 조백이 끌려 나간 뒤, 밖에서 사태를 지켜보고 있던 여자들이 우르르 들어와 제자리를 찾아 앉았다.

"별 미친 새끼 다 보겠네."

"그 새끼 벙어린가 봐. 한마디도 안 했잖아."

여자들이 돌아가면서 한마디씩 했다.

사람들이 동시에 웃음을 터뜨렸다. 내동댕이쳐진 남자까지도 실실거렸다.

혜영은 슬그머니 룸을 나왔다.

"요즘 돈 사람들 쌨다니까……."

노래방 사장도 어이없어했다.

혜영은 주변을 두리번거렸다.

"저 사람 정말 단단히 돌았네."

가게 앞을 비추는 모니터를 올려다보고 있던 사장이 중얼거렸다. 모니터에는 눈길에 벌러덩 누워 있는 조백의 모습이 보였다. 혜영은 얼른 룸으로 들어갔다. 시끄러운 노래만 골라서 부르는 어린 아가씨의 따귀라도 후려치고 싶은 지루한 시간이었다.

그날은 다른 날보다 일찍 일을 접었다.

골목 초입, 곰보 아저씨 내외가 운영하는 포장마차에는 남자들 세 명이 앉아 소주를 마시고 있었다. 국물이 담긴 그릇을 두고 빙 둘러앉은 사람들은 마치 박제를 해 놓은 듯 표정들이 앙상했다. 혹시나 하여 안을 기웃거렸지만 조백은 보이지 않았다.

조백과 비슷한 스타일의 복장으로 골목 입구를 서성이는 사람은 오 층 재즈클럽 사장이었다. 포장마차 옆 건물에 있는 호프집 아가씨가 편의점에서 담배를 사서 가게로 들어간 후에는 골목이 텅 비었다.

다음 날 퇴근길, 혜영은 일행과 헤어지고 나서 주

변을 두리번거렸다.

이틀 연속 내린 눈이 소복이 쌓인 골목은 더러운 것들을 모두 감춘 채 잠들어 있었다. 머릿골이 흔들렸다. 웅크릴수록 찬 공기가 뼛속을 공격했다. 장갑을 찾아 양손에 끼었다. 이가 달달달 부딪치는 소리를 들으며 큰길로 나와 택시를 기다렸다. 조백을 부를 수도 없는 상황이었지만 더 이상 그가 나타나지 않기를 혜영은 바랐다.

그런 결단력이라도 있어야 남자지. 혜영은 마음속으로 비집고 드는 그를 애써 비웃었다. 그러나 웬걸. 대로에서 택시 한 대가 눈길을 스르르 미끄러져 오더니 혜영의 앞에 섰다. 조백이 모는 차였다. 백날 그래도 소용없는 일이었다. 혜영은 그와 어떤 미래도 상상할 수 없는 자신의 처지를 너무나도 명확히 파악하고 있었다.

찬 바람이 쌩, 회오리를 돌자 바닥에 쌓인 눈가루가 얼굴로 마구 날아왔다. 혜영이 차에 오르자, 조백은 침울한 표정으로 차를 몰았다. 매일 지나다니는 저수지 근처는 여느 때와 마찬가지로 안개로 뒤덮여 있었다.

"나, 이러고 다니는 거 어떻게 알았어?"

혜영이 입을 열었다.

"내가 모를 거라 생각한 게 더 이상한 거 아니냐?"

"어떻게 알았냐고?"

"제정신이냐? 호연이 생각은 안 해?"

그가 쏘아붙였다.

"제정신이니까 이러지."

혜영이 조용히 받아쳤다.

"이런 데가 너랑 어울리기나 하는 줄 알아?"

"왜?"

"노래가 문제지. 그 노래가 널 여기까지 끌고 온 거라고. 그 잘난 노래 때문에 니 인생이 이렇게까지 된 거잖아. 그렇게 포기가 안 되냐?"

"아직도 내가 노래를 꿈꾼다고 생각하는 모양이네?"

혜영이 잠꼬대 같은 목소리를 냈다.

"추워, 얼른 들어가기나 해."

집 앞에 차를 세운 그는 골이 잔뜩 난 얼굴로 혜영을 노려보고 앉아 있다가 돌아갔다. 라면을 끓여 달라고 하지도, 커피를 타 달라고 조르지도 않았다. 다시는 안 볼 것처럼 머리를 등받이에 퍽퍽 찧으며 앉아 있다가 쌩하니 가 버렸다.

다음 날은 토요일이었다.

호연이 아르바이트를 알아봐야 해서 당분간 집에 못 올 것 같다고 아침 일찍 전화를 걸어 왔다. 혜영은 종일 침대에 붙어 시간을 죽였다. 사과를 통째로 베어 먹다가 울컥 눈물이 솟구치는 바람에 사레가 들려 천식 환자처럼 기침을 쏟아 냈다. 그 상태로 월요일, 화요일, 수요일이 밤낮 구분 없이 지나갔다. 세상이 통째로 사라진 느낌이었다.

수요일 저녁 아홉 시쯤 사장과 통화를 한 게 전부였다.

"감기는 좀 어때?"

"이번엔 정말 지독해."

"약 잘 챙겨 먹고 얼른 좀 나아."

"죽을 거 같은데, 나을까!"

"낫지 그럼, 아프지 좀 마라."

그러고도 혜영은 목요일, 금요일, 토요일, 일요일까지 그 상태를 유지했다.

—돈이 십 원도 없어.

　월요일 오전 호연의 문자를 받고 나서야 혜영은 침대에서 빠져나왔다. 어쩔 수 없이 목욕탕에 다녀왔다. 양발이 땅속으로 꺼져 들어가는 것 같아 집에 도착할 때까지 눈을 크게 뜨고 땅바닥을 보며 걸었다.

　그날 저녁, 벌써 두 번째 퇴짜였다.

　혜영은 남자가 마음을 돌리기를 기다렸지만, 그는 그녀와 눈을 맞추려고도 하지 않았다. 하는 수 없이 돌아서서 룸을 나왔다.

　"나가라 그래요?"

　주인 여자가 물었다.

　"마음에 안 드나 봐요."

　혜영은 작은 소리로 대답했다. 익숙해질 만도 한데 퇴짜만은 늘 처음 당하는 일처럼 머쓱하고 절망적이었다. 무엇보다 어린 주인에게 민망하고 창피했다.

　"옷을 좀 밝은색으로 입어 보지 그래요, 그럼 조금은 더 젊어 보일 거예요."

　주인은 웃으며 그렇게 말했다.

"내일부턴 밝은색을 입어야겠어요."

"손님이 들 시간이긴 하네요, 좀 기다려 볼래요?"

"죄송해요."

주인은 다른 곳으로 전화를 걸어 사람을 부른 다음 혜영을 빈 룸으로 데려다주었다. 아늑하고 고급스러운 룸이었다. 혜영은 낯선 룸에 앉아 용희 삼촌에게 상황을 보고한 뒤, 살그머니 문을 열고 밖을 살폈다. 룸 사이로 난 미로 같은 통로는 고요하기만 했다. 혜영은 뒤꿈치를 들고 살금살금 통로로 걸어 나갔다. 화장실 팻말이 보이지 않았다. 하는 수 없이 빈 룸 화장실로 들어가 변기에 앉았다.

—바빠?

호연의 문자였다.

—아니, 기숙사는 괜찮아?

—좋아.

—다행이네, 일찍 자.

주인은 그사이 카운터로 돌아와 마네킹처럼 바른 자세로 앉아 있었다. 출입문이 열리며 남자 하나가 들어섰다. 그와 눈이 마주친 순간, 혜영은 후유 한숨을 내쉬었다.

"꿈이구나!"

혜영은 낮은 소리로 중얼거렸다. 자신이 또 꿈을 꾸고 있다고 생각했다. 언제부턴가 대구 아저씨를 만나면 꿈속에서도 꿈을 꾸고 있다는 걸 알게 되었다.

무심한 눈길로 혜영을 쓱 쳐다보고 고개를 돌린 남자는 분명 얼굴이 긴 대구 아저씨였다. 그를 닮은 사람이 아닌 진짜 대구 아저씨! 사십 년이 넘는 긴 세월 동안 그녀의 마음 한편에 진을 치고 살던 그가 성큼성큼 걸어 카운터로 다가가 주인 여자와 마주 섰다.

꿈을 꾸고 있는 게 확실했다. 짧아진 머리카락을 빼고는 모두 예전 그대로인 대구 아저씨가 샛노란 전등 아래 서 있었다. 별반 늙지도 않았다. 그는 필요한 것들을 주문한 뒤 카드를 꺼내 주인에게 건네면서 혜영을 한 번 더 쳐다보았다. 외투 단 사이로 그의 가늘고 흰 팔목이 드러났다.

혜영이 쫓기듯 룸으로 들어온 뒤, 주인이 그를 안

내하는 기척이 들렸다.

"들어가 볼래요? 저 사람 여기 오면 늘 찾는 사람이 있는데, 오늘 그 언니가 쉬는 날이라네요."

주인 말이 떨어진 순간, 차라리 뛰던 가슴이 조금은 진정되었다.

꿈이 아니었다. 꿈이라면 이렇게 착착, 순서대로 뭔가가 진행될 리 없었다. 그가 나오는 꿈은 늘 공간이 어두운 창고 같은 곳이어서 시간을 가늠할 수 없는 특징을 지니고 있었다. 그는 혜영을 알아보지 못한 게 분명했다. 또 알아본다면 이제 와서 어쩔 것인가. 가수가 될 길을 열어 주겠다며 달콤한 말로 꼬여 미성년자인 그녀를 등대집에 붙잡아 두었던 파렴치한이 아니던 가.

떳떳하지 못한 쪽은 오히려 그쪽인 셈이었다.

"내 꼴이 우습죠?"

혜영은 어린 주인 앞에서 어쩔 줄을 몰라 했다.

"일단 한번 들어가 보세요."

주인은 혜영의 원피스 단을 펴 주며 안쓰러운 듯 웃었다.

"나, 많이 이상하죠?"

혜영은 새삼스럽게 자신의 두툼한 발등을 내려다보았다.

"아, 어두워서 잘 안 보여요. 근데, 나이를 좀 낮춰 말해야 할 거예요. 사십 대 초반만 찾는 손님이거든요."

그래, 일단 부딪히자! 혜영은 어디선가 행여 마주칠까 두려웠던 그가 있는 룸을 향해 또박또박 걸음을 옮겨 놓았다. 반쯤 걸어가다가 주인을 한번 돌아다보았다. 그녀는 영문 모르겠다는 듯 빙긋이 웃었다.

핑크빛 룸에 정말 대구 아저씨가 앉아 있다.

혜영은 그의 옆으로 가 앉았다. 드디어 그가 고개를 돌려 혜영을 바라보았다. 예전에 그가, 니 참 특이하게 생겼네, 여자가 눈이 그리 슬퍼 비면 팔자도 슬픈 기라, 니 팔자도 어지간하겠데이. 그만의 특유의 조용한 대구 사투리로 영원히 풀 수 없는 저주의 마법을 걸던 그 순간처럼 그가 찬찬히, 말없이 혜영을 바라보았다. 그러더니 말했다.

"잠깐 나가 볼래요?"

그녀를 거부했던 다른 사람들과 별다를 게 없는 짧은 한마디. 다만 그의 특유의 저음 때문에 나가 달라는 말이 가슴에 깊이 박혔다.

"네?"

"나가 봐요."

그는 분명 그렇게 말했다.

혜영은 조용히 자리에서 일어나 문 쪽으로 걸어갔다.

"저기요?"

그가 다급히 그녀를 불렀다. 알아본 거다? 간신히 지탱하고 있던 그녀의 몸이 기우뚱 흔들렸다.

"사장 좀 들어오락 카소."

약간 화가 난 듯한 그의 말이 등에 박힌 순간, 머릿속이 텅 빈 채 어떤 말도 떠오르지 않은 건 차라리 다행이었다.

룸을 나와 통로를 걸어가는 동안 겨우 한마디가 떠올랐다.

"잘해 드릴게요."

긴 콧대에 쌍꺼풀이 선명한 눈, 얇은 입술, 반짝거리던 구두는 늘 혜영의 기억 속에 비석처럼 반듯하게 서서 그녀를 공포로 이끌곤 했다. 그런 그와의 재회는 짧고도 허무했다. 지구 끝까지라도 쫓아올 것 같던 그

가 자신을 알아보지 못하다니, 그건 정말 믿기지 않는
일이었다.

열두 시가 넘어서야 첫 콜을 마치고 다음 콜을 받
은 주점으로 이동하기 위해 혜영 일행은 꽤 오랫동안
길에 서 있었다.

한참 만에야 검은색 스타렉스가 나타났다.

"저 차들, 우릴 쫓아오는 거 맞지?"

스타렉스가 목적지인 주점에 도착하기 위해 큰길
을 벗어나 막 우회전했을 때 용희 삼촌이 심각하게 말
했다. 일행은 일제히 뒤를 돌아보았다. 아니나 다를까,
흰색 승용차 두 대가 뒤따라오는 게 보였다.

"맞는 거 같은데."

진이가 소리쳤다.

혜영은 몸이 오싹해졌다. 대구 아저씨에 대한 공포
가 새삼 되살아났다. 그가 뒤늦게 자신을 기억해 내고
이 일대를 뒤지고 다니는 건 아닐까.

"안 돼."

혜영은 비명처럼 외쳤다.

용희 삼촌이 속력을 내기 시작했다. 목적지였던

주점을 지나쳐 죽 달리자, 큰길로 이어지는 모퉁이가 나왔다. 선택할 다른 길이 없었다. 막 급커브를 돌았을 때 일행은 동시에 눈을 크게 뜨고 서로의 얼굴을 바라보았다. 차 앞을 가로질러 뛰어가던 길고양이가 나타나지 않았기 때문이었다. 다들 입을 쩍 벌리고 땅바닥에 널브러진 물체를 바라보았다.

"뭐지?"

"어떡해."

"고양이처럼 보이는 쓰레기였을 거야."

누군가가 떨리는 목소리로 말했고, 용희 삼촌은 계속 사장과 전화 통화를 시도했다.

"왜 연락이 안 돼?……."

흰색 차들은 점점 간격을 좁혀 왔다.

"우릴 잡으려는 사복 경찰인가 봐요."

진이가 겁먹은 얼굴로 소리쳤다.

외곽으로 빠져나왔을 때 용희 삼촌은 운전 감각을 잃은 것 같았다. 차가 심하게 흔들리기 시작했다.

"그냥 멈춰요."

진이가 외쳤다.

용희 삼촌은 차체에서 부웅, 소리가 날 정도로 속

력을 냈다.

"어디로 빠지려고?"

혜영이 물었다.

"씨발, 끝까지."

용희 삼촌은 딴사람이 되어 있었다. 그가 욕설을 내뱉을 때마다 차가 공중으로 떠올랐다가 덜커덩거리며 다시 바닥으로 내려앉곤 했다.

흰색 차들은 멀어지는가 싶다가도 어느새 그들을 바짝 따라붙었다.

—오늘로써 끝이야.

주점 주인의 문자는 그걸로 끝이 났다.

—언제 끝나냐? 순댓집인데.

다음엔 조백이었다.

—기다리지 마. 언제 끝날지 몰라.

혜영은 저절로 떠오르는 답을 조백에게 급히 전송했다.

외곽도로를 달린 지 삼십 분이 지났다. 컴컴한 산들의 봉우리가 수십 개 지나갔다. 커다란 팻말이 붙은 소주 공장에는 군데군데 불이 켜져 있었다. 과속 금지 팻말이 나타날 때마다 차의 속력이 거세졌다. 커브를 돌고 나면 다시 새하얀 도로가 펼쳐졌다. 길은 언제까지라도 끝날 것 같지 않았다.

용희 삼촌의 간절한 목소리가 차 안을 가득 메우고 있었다.

"어디야? 알잖아. 잡히면 난 끝장난다는 거…… 제발 전화 좀 받으라고…… 무슨 일 있으면 다 책임지겠다며……."

"우린 제발 내려 줘요."

애들이 울음 섞인 소리로 합창했다.

"조금만 더 가 보자. 조금만 더."

혜영은 얼굴이 하얘진 진이와 선영이를 양손으로 꽉 끌어안고 눈을 질끈 감았다. 고막을 찢는 총성이 세 번 이어졌다. 오래전 등대집으로 그들을 몰아넣었던 공포의 총소리가 분명했다. 혜영은 눈을 뜰 수 없었다. 차라리 이대로 죽었으면. 죽음을 생각하자, 머릿속에

샛노란 달이 떠올랐다. 소나무 가지 사이로 노랗게 떠 있는 달, 그 아래 고즈넉이 앉은 기와집.

"저기서 우회전해 봐."

혜영이 급히 말했다.

"여기서?"

용희 삼촌이 외쳤다.

"응, 요 아랫길로."

봉고차는 갈림길로 내려섰다.

눈보라는 더욱 거세졌고 흰 승용차들은 거센 속력을 내며 그들의 시야에서 멀어졌다.

"뭐야? 우릴 쫓아온 게 아니었나 봐요."

선영이 말했다.

용희 삼촌은 안도의 숨을 내쉬고 나서 차창을 열었다.

"도대체 여기가 어디야?"

얼굴이 새하얘진 그가 물었다.

"나도 몰라?"

혜영은 밖으로 시선을 둔 채 대꾸했다.

"이제 어떡할까?"

용희 삼촌이 물었다.

"아는 집이 있다면서요, 오늘은 거기서 자고 내일 가면 안 돼요?"

진이가 허락을 기다리듯 혜영을 빤히 쳐다보았다.

"저 강변을 따라 조금만 더 가 봐."

혜영이 고개를 끄덕이며 말했다.

차가 출발하자 진이와 선영이는 잠이 들었다.

캄캄한 마을에 이르러 혜영은 아이들을 흔들어 깨웠다.

"여기가 어디예요?"

선영이가 눈을 비비며 물었다.

"얼른 내려."

혜영은 아이들의 등을 떠밀었다.

"이 번호로 전화를 걸어 봐. 전화가 안 되면 저 맨 위, 불 켜진 집으로 올라가서 문을 두드려 봐. 사람이 나올 거야."

"여기가 어딘데? 우린 어떡하려고?"

용희 삼촌이 물었다.

"우린 돌아가야지. 주점 사장 화가 잔뜩 났던데, 가서 사정을 얘기해야지."

혜영이 말했다.

"아무래도 그래야겠지?"

용희 삼촌은 서둘러 내비에 사무실을 검색했다. 내비가 안내하는 길은 그들이 달려왔던 길이 아니었다. 한참을 달리자 도시의 익숙한 불빛들이 나타났다. 24시 순댓집 뒤로도 쪼롬히 불이 켜져 있었다. 동강여인숙, 간판 뒤로 극 장 식 성 인 클 럽 네온이 흐르듯이 반짝거리고 있었다.

혜영은 잠자코 골목의 불빛들을 바라보았다. 취한 사람들의 환호 소리와 박수갈채가 생생하게 들려왔다. 신명과 고통, 슬픔과 수치, 그리고 그녀의 노래와 그 가혹한 꿈이 살아 있던 골목이었다. 신호가 바뀌었고 차가 움직였다.

혜영은 허리를 곧추세우며 큰 소리로 외쳤다.

"여기서 보니 저 골목 불빛들 참 이쁘다, 그치?"

해설
등대집에서 멀어질 수 없는 살갗

문종필(문학평론가)

공간은 늘 멈추어 있다. 오랜 시간이 흘러도 그 공간은 변하지 않는다. 인위적인 자극으로 인해 부서지고 세워지고 쓰러지고 흔들릴 수 있겠지만, 인간의 수명보다 오래 지속되는 것이 일반적이다. 그러니 공간의 입장에서는 여러 인물의 시간과 결을 자연스럽게 품게 된다. 공간은 한 사람의 생애뿐만 아니라, 여러 사람의 삶을 모조리 기억하는 독특한 생명체이다. 오래전 한용운의 시 「나룻배와 행인」에 등장하는 '나룻배'처럼, 행인의 사정과는 무관하게 배가 망가질 때까지 타자를 품어야 하는 운명인 것이다. 따라서 공간과 장소는 사람을 안고 그들의 추억을 품는다. 공간에 대한 애틋한 정서를 잘 담아낸 텍스트로 리처드 맥과이어(Richard McGuire)의 『HERE』(2017)라는 작품이 있다. 이 텍스트도 무한대로 늘어나는 시간과 견주어 일시적인 공간에 머물러야 하는 인간의 삶에 대해 애달프게 기록한 작품 중의 하나다. 하지만 한용운의 '나룻배'도 맥과이어의 'HERE'도 품지 못한 사연이 있다.

바로 특정한 '공간'에 머물 수밖에 없는 구체적인 인물의 이야기가 그것이다.

사람이 모이고 머무르는 공간은 계급화되고 서열화되어 있는 것이 일반적이다. 봉준호 감독의 영화 〈설국열차〉(2013)처럼 자신의 주머니를 모두 털어서도 들어갈 수 없는 공간은 이번 생애에는 가기 힘들다. 먹는 것도 마찬가지다. 주머니에 돈이 없다면, 좋은 식당에 갈 수 없다. 창 너머 냄새를 훔치거나 눈으로 요식할 뿐이다. 어디 먹는 것뿐이겠는가. 집이라는 주거 공간도 마찬가지다. 누군가에게는 너무나 당연하고 익숙한 것일 수 있지만, 어떤 이들에게는 간절한 꿈이고 희망이기도 하다. 대학이라는 상징적인 기표(공간)도 그렇고 우리가 머무는 직업(공간) 자체도 그렇다. 머물러야 하는, 머무를 수밖에 없는 공간은 그래서 그 어떤 물질보다도 구별 짓기의 표정을 적나라하게 보여 주는 하나의 창구이며 손거울이다. 오늘 우리가 함께 읽고 생각해야 할 박이수의 장편소설 『시작된 일』도 이런 문제의식을 담고 있다.

계급화되고 서열화된 하나의 비좁은 공간에서 살아갈 수밖에 없는 서글프고 짠한 사연의 이야기를 박이수는 이번 소설에 담고 있다. 아마도 소설가는 이 작품을 꾸리고 준비하는 과정에서 의도적으로 이 지점에 가장 많은 공을 들였을 것이다. 특정한 '공간'을 설정해 두고 그 공간에서 서성이는 존재들의 사연에 귀를 열어 주기를 간절히 바랐을 것이다. 그렇다면 이 공간에서 머물게 되는 인물은 누구이고 그들은 어떤 공간에서 각자 고유한 삶을 살아내는가. 우선, 독자들이 이 장편소설을 탐닉하는 과정에서 준비해야 할 것은 블랙홀처럼 공간 속으로 빨려 들어가는 소외되고 병든 지실과 혜영과 이정선의 사연일 것이다. 이들의 공통점은 모두 '좋은 곳'과 관련이 있고, 등장하는 인물들 대부분은 '늙음'이라는 어쩔 수 없는 숙명에 맞서는 사람들이기도 하다. 그래서 정지우 감독의 오래전 영화 〈은교〉(2012)의 너무나 유명한 다음 대사를 곱씹게 된다. "너희 젊음이 너희 노력으로 얻은 상이 아니듯, 내 늙음도 내 잘못으로 받은 벌이 아니다"라는 말이 그것이다. 이처럼 늙음이라는 것 자체가 죄가 아님에도 불구하고 이 소설 속에 등장하는 인물들은 하나같이 늙고 초라해졌다는 이유 하나만으로 스스로 위축되고 주변으로부터 부당한 대우를 받는다. 이러한 측면 또한 노인 인구가 급속도로 증가하고 있는 동시대의 뜨겁고 다급한 사회적 징후를 소설가가 자의적이든 타의적이든 문제 제기를 하고 있는 것이다. 그러니 독자들은 박이수 소설을 읽을 때, 작가의 치열한 '의도'와

시대적인 '무의식'을 생각하며 읽을 필요가 있겠다. 그렇다면 또다시 '좋은 곳'은 어느 곳이고, 지실과 혜영과 정선은 이곳에서 무슨 일을 했던 것일까. '좋은 곳'의 숨겨진 비밀을 우선 생각해 봐야 할 것 같다. 나아가 '좋은 곳'을 벗어나지 못하는 이유에 대해서도 생각해야 할 것 같다. 우선 '좋은 곳'은 반어적인 표현이다. 여기서 '좋은 곳'은 좋은 곳이 아니다. 박이수의 소설에서 등장하는 '좋은 곳'은 소설 속 '등대집'으로 "여자를 곁들여 사기 위한 남자들이 대낮부터 삐걱대는 새시 미닫이문을 열고 슬그머니 들어서곤" 하는 장소다. "그 집의 여자 값은 오징어두루치기나 산낙지회 한 접시의 값"으로 치부되는 곳이기도 하다. 이 소설의 주인공 중에 한 명인 혜영이 아기를 뗀 장소이기도 하며, 그곳에서 일하는 사람들은 서로의 이름을 묻지 않는다. 이름을 묻지 않으니 '좋은 곳'에서 지내는 동료들이 어떤 고민을 하고 무슨 사연으로 이곳까지 들어왔는지 알 리가 없다. 운이 좋아 누군가는 이런 장소를 벗어날 수 있었겠지만, 이곳에서 일하는 일부의 사람들은 먹고살기 위해 이곳을 벗어나지 못하는 경우도 많다. 이런 공간과 장소에서 이 소설의 주인공 지실과 혜영과 정선은 유년 시절 우연히 만나고 헤어지고 흩어진다.

이 세 인물은 유년 시절 함께 '등대집' 경험을 공유

하고 있지만 흩어지고 난 후, 이들의 삶은 다르게 흘러 갔다. 지실은 소설가를 정선은 시인(시 낭송가)을 꿈꾸었고, 혜영은 가수를 꿈꾸었다. 하지만 이들의 꿈이 실현되지 않았기 때문에 이 소설이 쓰였다고 볼 수 있다. 만약 이들이 꿈을 이루거나 꾸지 않았다면 이야기는 멈추었을 것이다. 잃을 수 있어야 새로운 것을 얻는 것처럼, 자연스럽게 독자들은 텅텅 빈 각각의 인물들이 무슨 이유로 힘들어하는지 살피는 것이 흥미롭다. 혜영은 가수의 꿈을 지녔지만, 이 꿈을 내려놓지 않기 위해 어디든 돌아다녔다. "노래를 부를 수 있는 공간을 찾아 지역 축제장과 심지어는 환갑잔치, 나중엔 전국에 그물망처럼 얽혀 있는 떴다방"을 돌아다니기도 했다. 시간이 지남에 따라 점차 형편없는 공간에 놓이게 되는 혜영의 여정은 현실을 직시하게 만든다. 혜영은 "좋은 재주"를 가지고 있음에도 불구하고 이런 곳에서 지낸다. 그녀는 이곳에서 탈출해 아담한 라이브 카페를 차리고 싶어 하지만 형편이 좋지 않다. 무엇보다도 사랑하는 딸 호연의 학비와 생활비를 책임져야 하기에 악바리 정신으로 견딘다. 흥미로운 것은 혜영이라는 인물이 가수라는 직업을 품고 '이런 곳'에서 일한다는 점이다. 그녀는 스스로 자신이 가수라고 말하지만, 그가 실제로 받는 대우는 '가수'라기보다는 '노래방 도우미'와 크게 다르지 않았다. 그러니 자연스럽게 젊은 도우미들과 비교 대상이 되고 그곳을 찾는 손님들로부터 외면받기 시작한다. 현실에서의 자기 위치를 인식할 때 혜영은 "어쩌겠어."라고 탄식한다. 이 문장은 체념에 가깝다. 그러나 여기서 '체념'은 포기나 절망이라기보다 그렇게 해야만 지친 삶을 이어 갈 수 있으며, 이루지 못한 꿈을 유예하기 위한 현실적·심리적 도피이다. 이런 체념은 결국 자기 삶에 대한 강한 애착의 다른 이름이다. 또한 견딘다는 측면에서 단속으로 인해 혜영은 경찰서에 불려 가게 되는데, 이 과정에서 경찰이 "정부에서 보조금을 어느 정도 지원"하지 않느냐고, 그런데 왜 이런 일을 하느냐고 무시하는 장면에도 관심을 가져야 한다. 이에 대한 답변은 늙은 자신을 "써 주질 않는다"는 메아리로 되돌아오기 때문이다. 그러니 '이런 곳'에서 시중을 들면서 돈을 벌 수밖에 없다는 것이다. 이렇게 열심히 살고 있는데, 죄지은 것이 하나도 없는데 무슨 이유로 당신들이 나의 죄를 판단하고 비웃냐는 것이다. 대체 '죄'는 누가 정하고 규정하는가. 마지막으로 혜영이라는 인물과 관련해 한 가지 더 생각해야 할 것은 '이런 곳'에 방문하는 사람들이다. 이 소설에서 '이런 곳'에 방문하는 사람들 또한 혜영과 같이 늙고 초라한 존재다. 못난 이들은 그곳에서 술을 마시며 기분을 달랜다. 이곳에 오는 손님들도 별반 다르지 않다는 점에서, 이 소설에 관심을 가져야 한다. 이는 '공간'이라는 하나의 개념으로 보았을 때, 특정한 공간에 머무는 사람들이 대개 거기서 거기라는 의미를 부여하기 때문이다. 즉, 혜영이라는 인물이 저급한 장소에서 일하고 있다면, 그곳에 몰려드는 사람들 또한 그런 사람들일 확률이 높다는 것을 이 소설은 간파하고 있는 것이다. 이 장면은 굉장히 씁쓸한 것이기도 한데, 그 이유는 유유상종(類類相從)이라는 말처럼 현실을 있는 그대로 재현해 놓고 있기 때문이다. 만약, 혜영이 젊고 미인인 캐릭터라면 이런 설정이 펼쳐지지 않았을 것이다. 무엇보다도 혜영이 이런 공간에서 편안함을 느낀다는 것에 대해 생각할 필요가 있다. 인간은 무엇인가로부터 도피하고 싶을 때 본능적으로 밀폐된 공간을 찾는다. 그 공간은 외부의 공격으로부터 막아 주는 곳이자 동시에 자신이 외부로 나갈 수 없는 차단된 공간이다. 이런 이중적 공간에 익숙해지기 위해 혜영은 의식적, 무의식적으로 적응하려 노력한다. "락스 냄새, 강한 방향제 냄새, 밀걸레 썩는 냄새"가 나는 이 공간에 익숙해진다는 것은 그녀가 이곳을 사랑하지 않고는 살아갈 수 없다는 것을 알려 준다. 동시에, 어떤 방식이든지 견디는 행위는 습관처럼 나를 길들인다는 양가적인 요소를 담고 있다. 그래서 혜영의 "저 골목 불빛들 참 이쁘다"라는 목소리는 하늘에서 펑펑 내린 눈으로 인해 "더러운 것들을 모두 감춘" 모습과 무관하지 않지만, 이런 음지에서도 삶이 이어질 수 있다는 것을 박이수 소설가는 의식적으로 언급하며, 문제를 제기한다. 혜영은 앞으로 잘 살아갈 수 있을까. 그녀는 진정한 꿈을 꿀 수 있을까. 그녀의 딸은 어떤 삶을 살아갈까.

그다음 인물로 지실을 꼽을 수 있다. 지실은 조상들의 여러 사연이 담긴 공간인 '도래옥'을 에어비앤비 (airbnb)에 등록해 호스트로 살아가는 인물이다. "장마가 유난히도 검붉던 그해 5월 지실이 학교로 돌아가지 못하고 일주일 동안 머물렀던 등대집엔 방이 다섯 개"가 있었는데, 그 하나의 방에서 소설가 홍보석을 만났고, 그와의 추억을 오랜 시간 잊지 못해 가슴을 앓는다. 상식적으로 생각해 볼 때, 소설가 지망생인 지실이 굳이 홍보석의 그림자를 쫓아가며 동경할 필요가 없다. 하지만 이 인물은 그런 삶을 살아간다. 혜영의 경우, 구석에 몰린 삶일지라도 당차게 자신의 꿈을 향해 돌파하는 것과는 달리, 지실은 특정한 인물에게 종속되어 과거의 흔적으로부터 좀처럼 벗어나지 못한다. 단순히 회상에 그치는 것이 아니라 회상 속에서 허우적거

린다. 그것은 아마도 창작자로서 자신이 쓰고 싶은 이야기를 발견하지 못해서일 수도 있다. 이것이 아니라면 "반백의 머리카락과 깊은 귀족 주름, 헐렁한 코르덴 바지에 부풀 인 카디건, 정말 오랜만에 사람과 마주서게 된 지실은 자신이 소일거리를 하며 목구멍에 풀칠하고 사는 중늙은이가 되었다는 걸" 깨달았기 때문일 수도 있다. 이처럼 늙게 되면 꿈이 가볍게 소실되는 것일까. 작가로서의 자신감과 긍지가 밑바닥까지 소멸하는 것일까. 하지만 독자들은 그런 인물을 쳐다보면서 오히려 꿈꾸는 것이 무엇인지 다시 생각하게 된다. 이 소설은 비극의 한 형태는 아니지만, '늙음'이라는 키워드로 인해 움츠리고 있는 독자에게 거울 효과를 자아낸다. 지실의 마지막 장면은 그래서 생각해 볼 필요가 있다. 지실은 그 누구보다도 소설가 홍보석을 갈망했었고, 그의 소설에 등장하는 자신이 의미 있다고 생각했었다. 하지만 정작 소설가를 만난 지실은 실망하게 되는데, 그 이유는 특별한 것이 아니었다. "그는 그녀가 기억하고 있던 사람"이 아니라는 것을 깨달은 것이다. 여기서 '기억'에 대해 생각할 것이 있다. 기억은 그 시간을 멈추게 하는 속성을 지녔다. 중요한 것은 기억이 그 누구에게나 공평하게 적히지 않는다는 점이다. 서로 다르게 기억되고 의미가 엇갈린다. 지실이 어린 시절 '등대집'에서 만난 소설가 홍보석은 특별한 존재였기 때문에 오랜 시간 가슴에 품게 되지만, 정작 그 당사자는 그 시간을 기억하지 못한다. 지실이 이런 사실을 알게 된 순간, 그녀는 다시 소설을 쓰기 시작한다. 즉, 지실은 몸을 일으켜 "노트북이 펼쳐진 세상 앞으로" 다가가게 된다. 그리고 나선 창 너머로 들리는 새들의 소란스러운 기척에 귀 기울이게 된다. 지실은 새롭게 배치되었다. 아마도 이 새소리는 지실의 새로운 탄생을 알리는 것일 수 있겠다. 이처럼 박이수 소설에 등장하는 인물은 가장자리에 놓인 아웃사이더로 인정받지 못한 채 살아가지만, 끝까지 자신의 꿈과 길을 포기하지 않는 존재들이다. 나는 이 지점이 이 소설에서 중요한 부분이라고 생각하고 작가 또한 인물들이 벼랑의 순간에도 끈을 놓지 않고 있다는 것을 보여주고 싶었다고 생각한다. 이런 소설의 끝과 형식이 다소 낭만적으로 보일 수 있지만, 꿈은 꿈대로 남아 주었으면 하는 것도 하나의 소중한 자산이라는 생각이 든다. 그러니 독자들은 박이수의 소설 속 인물들이 어떤 상황에서 자신의 꿈과 희망을 품고 갈등하는지 생각해 볼 필요가 있다.

이정선이라는 인물의 사정도 마찬가지다. 그녀 또한 작가로서의 삶을 꿈꾸지만, 그는 작가로서 생활한

다기보다는 "가짜 시상식"에서 자위하는 인물로 그려진다. 그녀는 "시를 쓰고 있는 사람은 누구나 시인, 소설을 쓰고 있는 사람은 누구나 소설가. 어느 분야든 포기하지 않고 계속한다면, 그게 바로 시인이자 소설가 또는 가수라는 응원의 메시지"를 전달하기 위해 제정된 시스템에 도움을 받는다. 그런데 생각해 보라. 이 제도는 무엇인가 잘못되었다. 특정한 작가가 쓰고자 하는 의지가 있고, 이 의지로 인해 결과물이 묶인다고 한들, 문단은 그 의지에 관심을 가지는 것이 아니라, '성취'와 '반향'에 대해 관심을 가진다. 특정한 작가의 작품으로 인해 동시대의 여러 문인들이 자극을 받고 그를 추종하고자 한다면, 그 작품은 성취의 측면에서 반향을 불러일으켰기 때문에 의미 있을 수 있다. 그래서 이정선의 시상식은 소설가가 의도한 것처럼 '가짜 시상식'이 되는 것이다. 물론, 그렇다고 해서 이런 행위자체가 의미 없는 것은 아니다. 문학을 하는 행위 자체가 반향과 새로움과 성취에만 있지는 않기 때문이다. 어쩌면 문학적 놀이 자체가 더 의미 있을 수 있고, 꿈이라는 행위 또한 한 곳만을 정해 둘 필요도 없다. 그럼에도 불구하고 '이정선'이라는 이라는 인물이 짠한 것은 본인 스스로 그런 사실을 알고 있음에도 불구하고 이 행한다는 행위 자체일 것이다. 이처럼 박이수의 장편

소설 『시작된 일』에 등장하는 인물들은 하나같이 결핍되어 있다. 우리의 모습인 것은 분명하나, 그 전개 방식에는 '늙음'이라는 키워드와 '좌절'이라는 감정이 함께 공존한다.

이 소설에서는 '늙음'이라는 시간을 견디는 사람들의 이야기가 펼쳐진다. 삶을 치열하게 견디는 과정에서 꿈을 포기하지 않는 사람들의 버티는 이야기라고 말할 수 있겠다. 그러면 자연스럽게 꿈은 무엇이기에 노장이 된 나이임에도 불구하고 놓지 못하는 것일까. 그것은 이루지 못한 혹은 넘을 수 없는 벽에 대한 도전 때문일 것이다. 우리 주변에는 여러 장르에서 작가 탄생 서사와 관련된 작품을 확인할 수 있다. 멀게는 장 자끄 베넥스 감독의 〈베티블루 37.2〉(1988)부터 가깝게는 이창동 감독의 〈시〉(2010)와 김양희 감독의 〈시인의 사랑〉(2017) 등 정말로 다양하다. 이 작품들의 공통점은 모두 하나를 잃고 하나를 얻게 된다는 점이다. 다른 말로 해, 냉정하게 소중한 것을 잃었기에, 진심으로 쳐다볼 수 있게 된 상황과 무관하지 않다. 박이수 소설 속에서도 이런 성찰이 존재한다. 그러니 독자들은 이 성찰의 지점을 따라가며 소설 읽기의 즐거움을 탐닉할 필요가 있다. 자신이 늙었다는 사실 하나만으로 소외되고 주변으로부터 외면당하는 것이 사실이지만,

그럼에도 쉽게 포기할 수 없는 꿈의 모습을 독자들이 이 소설을 통해 되찾았으면 좋겠다. 무엇보다도 이 소설의 인물을 응원하지 않을 수 없는데, 그 이유 역시 이 인물들이 '아웃사이더'라는 점이다. 아웃사이더는 늘 변방에 위치한 존재이지만, 잣대를 중앙에 의지할 필요는 없다. 더 큰 잣대로 보면 이들 또한 보잘것없는 변방이 되기도 한다. 인정 욕망에서 벗어나면 정말로 나다운 예술을 할 수 있다. 박이수 소설에 등장하는 지실, 정선, 혜영의 꿈이 오래도록 지속되기를 바랄 뿐이다.

작가의 말

혜영아!

너를 처음 만난 곳은 풍암동 〈꽃돼지〉 실내 포장마차였지. 그날 내 앞엔 간장 양념이 까맣게 탄 오돌뼈랑 소주가, 네 앞엔 달걀지단과 대파를 얹은 국수가 놓여 있었어. 먼저 말을 걸어 온 건 너였고.

"혼자서 왜 그러고 있어요?"

하며 너는 멀뚱히 나를 바라보았지. 그러다가 "딸요." 하며 잠깐 걸려 온 전화를 받았어. 통화를 마치고 일이 있어 그만 가 봐야겠다고 자리를 떴지.

그로부터 며칠 후, 거기서 너를 다시 만났을 때 "또 만났네요." 거칠게 부서진 노란 머리카락을 귓바퀴 뒤로 넘기며 너는 내 앞으로 와 앉았어. 심드렁히 웃으면서. 고마워. 그때 내게 말 건네줘서, 내 말을 꺼내 주어서…….

그동안 내게 말을 걸어 온 몇몇 이들에게 고마움을 전합니다.

2024년 1월
박이수

시작된 일

2024년 1월 17일 초판 1쇄 펴냄

지은이	박이수
펴낸이	김성규
편집	김안녕 한도연
디자인	신아영
펴낸곳	걷는사람
주소	서울 마포구 월드컵로16길 51 서교자이빌 304호
전화	02 323 2602
팩스	02 323 2603
등록	2016년 11월 18일 제25100—2016—000083호

ISBN 　 979—11—93412—24—4 03810

* 이 책은 2023년 전남문화재단의 지원을 받아 출간되었습니다.
* 이 책 내용의 전부 또는 일부를 재사용하려면 반드시 지은이와 출판사의 동의를 얻어야 합니다.
* 잘못된 책은 교환해 드립니다.